ファン文庫

質屋からすのワケアリ帳簿

パンドーラーの人形師

著　南潔

JN196017

マイナビ出版

目次

質屋からすのワケアリ帳簿

パンドーラーの人形師

南潔

登場人物

烏《から》島《しま》廉《れん》士《じ》

「人が大切にしているものしか引き取らない」という、
一風変わった質屋からすの店主。年齢·出自は不詳。
黒いシャツに黒いパンツという黒ずくめの服装がトレードマーク。

目《め》黒《ぐろ》千《ち》里《さと》

質屋からすの店員。
新卒で入社した会社を数ヶ月でクビになってしまったところ、
幼い頃から身につけていた「特殊な能力」を烏島に買われ、
質屋に雇われることになった。

七《なな》杜《もり》宗《そう》介《すけ》

お金持ちの子女が通う鳳凰学園高等部三年生。
平安時代まで遡ることのできる名家·七杜家の御曹司。
父親の代理で質屋からすを訪れるうちに事件に巻き込まれ、
ふたりとともに解決したという経緯がある。

八《や》木《ぎ》 汀《なぎさ》

宗介の腹違いの妹。母親は宗介の父の愛人で、別宅に暮らす。
千里になついていて、たびたび予告もなくアパートを訪れる。

鳩《はと》村《むら》 剛《つよし》

廉士の古い知人。
ゲイバーのママをする傍ら、廉士を手伝って情報屋もしている。

家族のモノは自分のモノ

目黒《めぐろ》千里《ちさと》の朝は、あまり早くない。

勤めている店は午前中、客がほとんど来ないため、千里は昼から出勤することが多かった。とはいえ、どんなに遅くとも八時には起きる。朝一番にすることは、部屋の隅、組み立て式のテーブルに置いてある両親の位牌《いはい》に手を合わせることだった。

それから朝食を食べ、掃除や洗濯など細々した雑用を片付けていると、あっという間に昼になる。

千里は肩まである髪をブラシで梳《と》かしてからゴムでひとつに縛り、就職活動で着ていたグレーのリクルートスーツに着替えて、部屋を出た。

冷たく澄んだ空気と高い空に、秋の終わりと冬の気配を感じる。そろそろコートの出番かもしれない。あと、炬燵《こたつ》。次の休みにでも出そうと思いながら、千里は錆《さ》びついた階段を下りた。

大学生のときから住んでいるこの六畳一間のアパートは、築二十年を超える木造二階建て。古いがそのぶん、家賃も安い。お金がない千里にはありがたい物件だ。

仕事に行く前に、一階にある郵便受けの中を見る。入っていたのはチラシとダイレクトメールだ。確認して郵便受けの蓋を閉めようとしたとき、側面になにかがはりついていることに気づいた。

見ると、千里が通っていた朱雀《すざく》女子高の同窓会の案内ハガキだった。

学校主催でおこなわれている催しだ。前回はたしか二年前、成人したときだった。今回は二回目の開催になる。

日時と場所、会費、出席する場合の連絡先が記載されているが、とっくに返信の〆切は過ぎていた。消印はひと月ほど前の日付になっているので、気づかないまま郵便受けに放置してしまったようだ。

友人と呼べる人間がいなかった自分には、どちらにしろ縁のない催しだ。千里は鞄にハガキを押し込み、職場に向かった。

＊　＊　＊

商店街の裏通りにある二階建ての古いビルに『質屋からす』はある。

ひびの入ったモルタルの壁に、錆びついた窓の格子戸。一階の引き戸には『からす』

の文字が白く染め抜かれた黒いのれんがかかっている。引き戸の横、『質』という電光看板の下にあるプレートには、店の宣伝文句が書かれていた。

『あなたの大切なもの、高値で引き取ります』

千里は店の前を通り過ぎ、ビルの裏手にまわった。外付けの階段で二階に上がると、電線にとまっていたカラスが千里のほうを見て、カア、と鳴いた。

「おはようございます」

千里は金属製の重いドアを開け、中に入った。赤い絨毯《じゅうたん》が敷かれた一間続きの広い部屋には来客用の立派なソファとテーブル、通りに面した窓のそばには飴色のアンティークデスクと革張りのチェアが置かれている。壁にある立派な棚には、この部屋の主が集めた、さまざまな品が並べられている。

棚の品の埃を払っていた長身の男が、千里に気づき、振り返った。

「おはよう、目黒くん」

そう言って微笑むのは、千里の雇い主である烏島廉士《からしまれんじ》だ。

明るい色の髪と彫りの深い顔立ち。長いまつ毛の下にある硝子《ガラス》玉のような瞳は、どこか人形めいている。身に着けている黒いシャツとパンツが、白い肌を一層際立たせていた。

「ちょうどお茶を淹れようと思ってたんだ。飲むかい？」

「はい、いただきます」

この質屋では、お茶を淹れるのは千里ではなく、ほとんど烏島だ。

大学卒業後、千里が入社した会社では、お茶くみは女性社員の仕事だった。女性社員がどんなに忙しく、男性社員がどんなに手があいていても、お茶は必ず女性社員が淹れなければならないという暗黙のルールのようなものがあった。

その会社でパワハラに遭ってクビになり、この質屋で働きはじめたとき、千里がお茶を淹れようとすると、烏島から「僕はきみをお茶くみのために雇ったんじゃないよ」と言われ、驚いたのをよく覚えている。

それでも働きはじめた頃は「私が淹れましょうか？」と言っていたのだが、今では遠慮することなく烏島にお願いしている。

千里が来客用のソファに座り、いつものようにテーブルに積み上げられていた朝刊や雑誌、市報などに目を通していると、烏島が茶器のセットを運んできた。

烏島の白く長い指が美しい茶器を扱う様子は、何度見ても飽きない。天気や湿度によって茶葉を蒸らす時間を変えているらしく、砂時計はあくまで目安だ。青い薔薇《ばら》の模様が入ったカップに丁寧に注がれる紅茶は美しい琥珀《こはく》色で、陶器の白によく映える。

「どうぞ」

「ありがとうございます」

千里は礼を言い、カップに口をつけた。おいしい。烏島の淹れた紅茶を味わってしまうと、外でお金を出して飲むのが馬鹿らしくなるくらいだ。千里が紅茶を淹れるのをやめた一因は、烏島が淹れたほうがおいしいことにもあった。

紅茶を飲み終えてから、千里はいつもの作業に入った。烏島がチェックを入れている記事を中心に分野ごとに分け、スクラップする。今までは経済的な事情もあり、新聞を積極的に読むことがなかった千里だが、この店に来てからよく目を通すようになった。盗品を買い取ることを防いだり、烏島が一階の店舗とは別に二階の部屋で受けている仕事の役にも立つからだ。

「目黒くん、きみに頼みたい仕事があるんだ」

スクラップした記事をファイルに整理していると、烏島に言われた。烏島は嬉しそうに目を細めている。こういう笑い方をするときは、決まっている。彼の『コレクション』が増えたのだ。

「なにか買い取ったんですか?」

「うん。これを『視《み》て』ほしくてね」

烏島が差し出したのは、黒い革の名刺入れだ。千里でも知っている有名ブランドのロゴの金属パーツが、フラップの部分にあしらわれている。烏島がブランド品を買い取るとは、珍しい。

「体調はどう?」

烏島がこう聞くのは、以前『力』を使うと、貧血のような症状に襲われていたからだ。

「万全です」

千里は手のひらの名刺入れに意識を集中させ、目を閉じた。

不明瞭な映像が、断続的に脳裏に流れてくる。しばらくすると、だんだん映像がはっきりしてきた。

そこは、マンションの一室らしき空間だった。

ソファに並んで座っている若い男女の姿が視える。男はスーツ姿、女の方は胸元が大胆に開いたシャツを着ていた。目の前のテーブルにはおしゃれなオードブルと、ワイングラスが置かれている。彼らのうちのどちらかの誕生日なのだろう、ろうそくの立った小さなホールケーキもあった。

女が男にブランド物の小さな紙袋を差し出した。受け取った男が包装を解くと、中から黒革の名刺入れが出てきた。男が笑顔で女になにか言い、肩を抱き寄せる。ふたりの顔が重なりそうになったところで、千里は慌てて目を開けた。

「なにが視えた？」

「……女性が男性に、この名刺入れをプレゼントしていました」

千里が言うと、烏島は興味深そうに指で顎を撫でた。

「ふうん、女性はどんな外見？」

「二十代くらいの若い……派手な感じの美人です」

「髪は？」

「明るい茶色です。長い髪をカールしてました」

千里が説明すると、烏島はなぜか笑みを深めた。

「この名刺入れ、私が視た男の人から買い取ったんですか？」

「いいや、その名刺入れをプレゼントされた男の奥さんからだ。名刺入れのフラップの内側を見てごらん」

千里が言われるまま、名刺入れのフラップを開けると、小さな刻印があった。

「『From K to A』とあるだろう？」

「はい」

「男の名前は秋生《あきお》。奥さんの名前は由衣《ゆい》なんだ」

千里は「え？」と声を上げた。

「奥さんは夫の浮気を疑っていてね。夫が見慣れない名刺入れを持っていたから不審に思って調べてみたら、その刻印を見つけたそうだ」

「じゃあ、私が視た女性は……」

「K、イコール夫の浮気相手だ。奥さんは黒髪の大人しそうな女性だから間違いない」

浮気――本来なら、隠し通さなければならない関係のはずだ。

「浮気相手の人、どうしてプレゼントに自分たちの関係がバレるような刻印を入れたんでしょうか？」

「バラしたかったからだろうね」

鳥島は確信した口調で言った。

「自分の存在を奥さんに知らせて夫婦仲を壊すつもりだったのか、奥さんに対して優越感を抱きたかったのか――どちらにしろ、浮気相手の女のほうは隠すつもりはないってことだ。夫のほうはバレないと思って名刺入れを使っていたんだろうけど、女性の勘を舐《な》めちゃいけないね」

「気づいた奥さんが、怒って売りに来たんですか？」

千里が訊くと、烏島はにっこり笑い、一枚の紙を取り出した。

「これは？」

「名刺入れを買ったときの領収書だよ。ブランド品を質入れするときに領収書をつけると、査定額がアップする」

「でもこの名刺入れ、浮気相手の女の人が買ったものですよね？　領収書なんてどこで手に入れたんでしょう」

不思議に思いながら烏島から受け取った領収書を見ると、宛名欄に『霧島《きりしま》由衣』と書かれてあった。千里は弾かれたように顔を上げた。

「この領収書って……」

「浮気相手がプレゼントしたものと同じ名刺入れを、奥さんが買ったんだ。フラップの内側の同じ場所に『From Y to A』と刻印を入れ、自分が購入したものと浮気相手がプレゼントしたものとをすり替えたそうだ」

烏島は領収書を折りたたんで名刺入れの中にしまうと、壁に並んでいる棚に飾る。

「浮気相手が気づけば『別れる気はない』という宣戦布告、夫が気づけば『知っているわよ』という無言の圧力になるというわけだ。考えたものだよね」

そう言って笑う烏島は、至極楽しそうだ。千里は妻の行動にうすら寒いものを感じた。

「もしかして烏島さん、領収書も買い取ったんですか？」

「領収書『も』じゃない。領収書『を』買い取ったんだ。名刺入れはおまけのようなものだよ」

「領収書がメイン……」

いったい、この領収書にいくら金を払ったのか——千里は訊く気にはなれなかった。

烏島の査定は、他の質屋やリサイクルショップとは違う。市場価値のないものでも、自分が気に入れば、いくらでもお金を出す。壁に並んだ頑丈な棚には、そうやって買い取った烏島の『コレクション』がところ狭しと並んでいた。親からもぎとった金歯、子供が市の剣道大会で獲得したトロフィーやメダル、歴代の恋人の部屋の合鍵——烏島は人間の欲にまみれたワケアリの品ばかりを好んで買い取る。

そして烏島に請われたときに、その品に隠された過去を読み解くため、こうして自分の『能力』を使うのが、千里の仕事だった。

「前から思っていたんですけど、家族のモノを質入れに来るお客さん、多いですよね」

「それだけ家族のモノは自分のモノだと考えている人間が多いからだろうね。家族相手だと『盗んだ』という意識が生まれない」

言われてみれば、そうかもしれない。千里も昔、両親に所有物を勝手に処分されたことがある。哀しかったが、『盗まれた』とは思わなかった。両親のほうも同じだろう。

「刑法には『親族相盗《しんぞくそうとう》』という特例があって、家族――配偶者、直系血族、同居の親族に自分のモノを盗まれたとしても、刑は免除されるんだ」

「そうなんですか……？」

「そうなんだよ。最近、妻が夫の大事にしているコレクションを勝手に売ったり捨てたりして問題になっているだろう？　ああいう場合、妻に刑罰は与えられないんだ」

たしかに、夫のものを盗んだ妻が捕まったというニュースは聞かない。

「コレクション癖のある人間は結婚しないほうがいいね。お互い不幸になるだけだ」

コレクション癖のある人間とは、烏島自身のことを含めて言っているのだろうか。彼は買い取ったワケアリ品をなにより大事にしている。千里は訊いてみたくなったが、プライベートな質問をあまり烏島が快く思わないことを思い出し、諦めた。

そのとき部屋にブザーの音が響いた。一階の店舗に客が来た合図だ。

「今日は『一階の客』が多くてなによりだ」

烏島はそう言って、うっそりと笑った。

人形の来訪

千里は烏島のあとについて外付けの階段を下り、裏口から店舗に入った。

一階には衝立《ついたて》に仕切られた待合室と事務机、椅子がふたつ、そして冷蔵庫ほどの大きさの金庫が置いてある。二階の部屋とは違い、殺風景で寒々しい雰囲気だ。

店舗と二階の部屋が直接行き来することができないようになっているのは、一階と二階で受ける仕事が違うからだ。そして防犯上、二階にある烏島のコレクションを守るためでもあった。

「いらっしゃいませ」

烏島が言うと、衝立の向こうから若い女性が姿を現した。その顔を見て、千里は息をのんだ。高校のときの同級生だったからだ。

名前は——そう、咲楽《さくら》舞《まい》。高校時代はどちらかというとボーイッシュな印象だったが、目の前にいる彼女は短かった髪を肩まで伸ばし、少し古めかしい紺色のワンピースを着ている。雰囲気は少し変わったが、切れ長の目と、少し癖のある黒髪。鼻の上から頬を覆うそばかすに見覚えがあった。

「目黒くん、どうかしたかい？」

烏島が石のように固まっていた千里を振り返った。

「いえっ、なんでもありません」

千里はドアを閉め、烏島の下へ歩み寄る。舞のほうをちらりと見たが、千里に気づいている様子はない。自分はクラスの中でも目立つほうではなかったので、覚えていないのは当然だろう。

「どうぞ、おかけになってください」

烏島にすすめられるまま椅子に座った舞は、肩に提げていた大きなスポーツバッグをおろした。今、着ているワンピースには似合わないバッグだ。

「これを買い取ってもらいたいんです」

舞が取り出したのは、人形だった。

大きさは五十センチほど。肩まである黒髪は緩くカールしている。彫りの浅い顔立ちは、日本人のそれだ。少し離れぎみの目に、愛嬌がある。着ているのは地味なグレーのワンピースだ。

見ているうちに、人形がどことなく舞に似ている気がした。顔の造形は違うものの、人形にも鼻から頬にかけて、うっすらそばかすが浮いている。髪型も、着ている服もそっくりだ。

　じっと人形を見ていた烏島は、舞に視線を移した。

「今日は身分証明書をお持ちですか」

「どうしてですか？」

「買い取りには身分証明書を提示していただく必要があるんですよ」

　烏島は愛想よく笑う。舞は持っていたバッグの中を探ったあと、首を横に振った。

「今日は忘れたみたいです。あとで持ってくるので、とりあえず先に買い取ってもらえませんか？」

　舞はそう言って、人形をずいと烏島のほうへ押し出した。烏島はシャツの胸ポケットに入れていた眼鏡をかけ、白手袋をはめてから、人形を受け取った。

「服を脱がしてもいいですか」

「どうぞ」

　烏島は舞の了承をとると、慎重に服を脱がせていく。腕や足は丸い球体のパーツで繋がれ、動くようになっていた。露《あらわ》になった人形の肌はうっすら赤みがかり、みずみずしい。服を着せれば見えなくなる部分にも、一切の手抜きがない。

　烏島がぴたりと服を脱がす手を止めた。その視線は人形の胸に向けられている。左側の胸のふくらみに、小さな焼印があった。壺のような形をしたそれを見て、烏島は顔を上げた。

「この人形は、うちでは買い取れませんね」

舞は驚いたような顔をした。

「どうしてですか？　大事なものは引き取ってくれるんでしょう？」

「ええ。ですがこれはあなたの大事なものではないでしょう」

舞の瞳が動揺したように揺れる。今の舞の姿が、お金のためにこの店へ亡き両親の指輪を躊躇《ちゅうちょ》なく質入れしようとしていた自分の姿と重なり、千里は落ち着かなくなった。

「いいえ、私の大事なものですけど」

「嘘はよくないですよ、お嬢さん」

舞がキッと烏島を睨《にら》む。

「嘘なんかついていません。この人形は私が持ち主から譲り受けたんです」

烏島はしばらく舞の顔を見つめてから、脱がしていた人形の服を着せ、机の上に置いた。

「どうぞ、お引き取りください」

舞に引導を渡した烏島の声は、恐ろしいほどに冷え切っていた。

＊　＊　＊

「——なにがだめだったんですか？」

デスクチェアに深く腰掛けた烏島に、千里は訊いた。

「なんの話だい？」

「さっきの人形の買い取りです」

彼女が帰ったあと、二階の部屋に戻った千里は、烏島が買い取りを拒絶した理由をどうしても知りたかった。

「あの客が人形の持ち主ではないと判断したからだよ」

「彼女は譲ってもらったって言ってましたけど」

「嘘だよ、それは」

烏島はなぜかはっきりと言い切った。

「譲ってもらうなんてありえない。こっそり盗んだか、無理矢理奪ったか、そのどちらかだ。身分証明書を忘れたというのも嘘だろうね」

「なにを根拠にそう決めつけるんですか？」

烏島は質問には答えず、千里のほうを見た。

「ずいぶんとムキになるね、目黒くん」

「え……そんなつもりは」

「彼女とは知り合いなのかい？」

千里は目を見開いた。

「どうしてわかったんですか？」

「やっぱりそうか。やけにきみが彼女を意識してるから、おかしいなと思ったんだ」

相変わらず烏島は鋭い。

「……高校のときの同級生なんです」

千里の記憶にある舞の印象は『しっかり者』だ。快活な性格で、クラスのリーダー的存在だった。

「向こうはきみを覚えてなかったようだけど？」

「親しかったわけではないので……」

モノに触れると、過去が視える——それが千里の能力だ。

千里が視ることができるのは過去の情景と、モノに関わった人物に限られる。

一見、便利にも思える力だが、意図せず人の秘密や嘘を暴くこともあり、そのせいで両親から疎《うと》まれた。それを理由に、千里は人と深く付き合うことをずっと避けてきた。

だから、舞とのことが例外なのではなく、そもそも友人と胸を張って呼べる人間がいなかったのだ。

「とにかく彼女が人のモノを盗んだり奪ったりするような人には思えないんです。なにか事情があるのかもしれません」

「その事情を僕に酌《く》めと、きみは言うのかい？」

烏島の鋭い視線に、千里は口を噤《つぐ》む。

「僕は人が大事にしているモノを奪う人間が許せない」

普段、烏島が感情を昂《たかぶ》らせることはない。しかし店に泥棒が入り、大事な『コレクション』のひとつである赤いダンスシューズが奪われたときの烏島の怒りは、千里も驚くほど激しいものだった。取り戻すためには手段を問わないと言い、盗んだ者を見つけ出して、徹底的に追い詰めた。

「きみもよく知っているだろう？　人は簡単に変わる。過去、どういう人間だったかというのは関係ない」

「それは……知っています、けど」

歯切れ悪く答える千里に、烏島は大きなため息をついた。

「いいかげん他人に無駄な期待をするのはやめたほうがいい。手ひどく裏切られるのがオチだ」

烏島の言葉は、千里の心に重く響いた。

情けは質に置かれず

千里の両親が亡くなったのは、高校生のときだった。

交通事故だった。千里は唯一の肉親である叔父に引き取られることになった。葬儀が終わり登校した千里を、クラスメイトは遠巻きに眺めているだけだった。元々人付き合いを避けていた千里だ。同情や慰めの言葉が欲しいとは思わなかった。

そもそもあのとき、千里は両親の死を哀しんでいなかった。生まれ持った能力によって親から疎まれていた千里は、愛情のない上辺だけの『家族』という枠組みから解放されたことにむしろ安堵していた。

『目黒さん』

そんな千里に声をかけてきたのが、クラスメイトの舞だった。

クラスの委員長をしている舞とは、たまに話をすることがあった。父親は大学で教鞭《きょうべん》をとっているらしく、彼女自身も成績優秀だった。明るく、真面目で、裏表がない。クラスメイトだけでなく、教師からの信頼も厚かった。

『ご両親、亡くなったんだってね』

『あ……うん』

ストレートにそう言われ、千里は戸惑いながらも頷《うなず》いた。

『話くらいは聞けるから、なにかあったら言って。うちも母親、小さいときに死んでるんだ』

舞はそう言って笑った。憐れむような視線も、言葉もなかった。くったくのない笑顔だけが、千里の記憶に強く刻みつけられた。

＊　＊　＊

翌日、千里が出勤するため質屋に向かっている途中、携帯電話に着信があった。烏島からだ。歩道の脇に寄り、電話に出る。

「もしもし、目黒です」

「目黒くん、急で悪いんだけど、今日は出勤時間を一時間ほど遅らせて来てくれるかな？」

千里は腕時計をちらりと見た。今から一時間後というと、十二時過ぎ。もう質屋は目前だが、仕方ない。

「一時間後ですね。わかりました」

「悪いね。またあとで」

電話を切り、さてこれからどう時間を潰そうかと悩む。家に戻るには、一時間は少し短い。

「目黒さん」

名前を呼ばれて顔を上げると、少し離れたところに、グレーのパーカにジーンズ姿の女が立っていた。帽子を目深《まぶか》にかぶり眼鏡をかけているせいで、一瞬、誰かわからなかった。

「……咲楽さん？」

「うん。当たり」

舞はそう言って、千里に近づいてきた。肩には昨日と同じ、大きなスポーツバッグを提げている。

「昨日はごめんねー。久しぶりに会ったから目黒さんだっていう確信が持てなくてさ」

「う、ううん。私こそ……」

舞が自分に気づいていたことに千里は驚いた。昨日はそんなそぶりはまったく見せなかったからだ。

「あのさ、これから時間ある？」

「一時間くらいなら……」

「じゃあ、お茶しない？　久しぶりに目黒さんと話したいんだ」

嬉しそうに笑う舞に、千里はこくりと頷いた。

＊　＊　＊

質屋の近くにある喫茶店に、千里は舞を案内した。

夫婦がやっている、小さな店だ。前を通るたび、コーヒーのいい香りが漂ってきて、ずっと気になっていた。この近くにある大学の学生向けらしく、どのメニューも値段は抑えめだ。叔父に貯金を持ち去られ、烏島に借金をしている千里としては、外でこうしてお茶を飲むことは、ちょっとした贅沢《ぜいたく》だった。

千里はホットコーヒー、舞はアイスティーを頼んだ。

静かな店内に、豆を挽く音が響く。客は千里たちの他に、文庫本を読みふけっている若い女性と、携帯電話を弄《いじ》っているサラリーマンだけだ。

昔の知り合いと話すのは、まったく知らない人と話すよりも緊張する。話したいと言った割に舞は言葉少なで、千里の緊張はさらに高まった。

「咲楽さん、髪、伸ばしてるんだね」

沈黙に耐え兼ねた千里は、どうでもいいことを舞に尋ねた。

「ああ……うん。伸ばしたほうがいいって言われてさ」

「そうなんだ」

「目黒さんはあんまり変わらないね」

舞の言うとおり、髪型は高校時代と同じポニーテール。化粧も最低限。大きな変化と言えば、着る服がセーラー服からスーツに変わったことくらいだ。

コーヒーとアイスティーが運ばれてきた。ミルクと砂糖を入れひと口飲むと、コーヒーの良い香りが鼻を抜けていく。

「目黒さん、あの店ではどれくらい働いてるの？」

「今年の夏くらいから、かな」

千里は新卒で入った会社を試用期間中にクビになり、仕事を探しているときに烏島に出会った。

「咲楽さんは今どうしてるの？」

高校卒業後の舞の進路を千里は知らなかった。舞はアイスティーのストローをくるくるとまわしながら目を伏せた。

「うちのお父さん、病気になっちゃってさ」

舞は幼い頃母親を病気で亡くしている。たしか父親とふたり暮らしだったはずだ。

「病気って、大丈夫なの？」

「ん……今は入院してるんだ。それで目黒さんに相談に乗ってもらえないかと思って」

千里は驚いた。友人の多かった舞が、なぜよりにもよって自分なんかに相談を持ちかけるのか、理由がわからなかったからだ。

「相談って……」

「昨日の人形なんだけど、どうにかしてお金にしたいんだよね」

舞は人形を売ることを諦めていないようだった。

「他の店には持っていった？　リサイクルショップとか」

「断られたんだよ。身分証明書がないと買い取れないって。それにほとんどタダ同然の値段しかつけてくれなくてさ」

質入れするには法律上、身分証明書が必要だ。それに舞の持ち込んだ人形は、ブランド物や貴金属のように一般的な需要はなさそうだ。普通の質屋やリサイクルショップでは買い取りは難しいだろう。

「それならネットオークションを利用してみたらどうかな？」

ネットオークションなら、質屋やリサイクルショップであまりいい値がつかないモノも売れる可能性がある。売りたい人間と買いたい人間のマッチングをするのが容易だ。

「察しが悪いな、目黒さんは」

急に語気を強めてきた舞に、千里はビクリとした。

「私はね、目黒さんのほうから店主に、人形を買い取るよう頼んでほしいって言ってるの」

「それは……無理だよ」

「どうして？」

千里がどんなに頼みこんだところで、烏島が人形を買い取ることはないだろう。いくら市場価値があったとしても、烏島は興味がなければ見向きもしない男だ。それに、気がかりなこともある。

「咲楽さん、その人形、譲ってもらったって言ってたけど、どうやって手に入れたの？」

「……目黒さん、もしかして私を疑ってんの？」

舞に睨まれ、千里は慌てた。

「そういうわけじゃなくて、買い取る場合はトラブルを避けるためにどうしても慎重になるんだ。咲楽さん、身分証明書もないし」

　烏島は人形が盗品だと言った。盗品だと気づいていた上で買い取れば、最悪、店側は質草を失い、貸し付けた金も戻ってこないというリスクがあるのだ。

「身分証明書なんかなくても、目黒さんが私のことを証明してくれればいいじゃん」

「私が証明って……咲楽さん、それは違うよ。お金のやり取りをするわけだから、そこはちゃんと用意してもらわないと……」

「そこをなんとかしてよ。私たち、友達でしょ？」

　友達という言葉が、千里にはとってつけたように聞こえた。

「……ごめん、咲楽さん。その頼みはどうしても聞けない」

　千里が謝ると、舞は乾いた笑いをもらした。

「目黒さんって薄情なんだね。友達が困ってるのに」

　舞は軽蔑するような目で、千里を見ていた。薄情という言葉が、千里の心の柔らかい部分に突き刺さった。否定したいという気持ちが胸にせり上がる。しかし口には出せなかった。自分が薄情であることは、自分が一番よく知っていたからだ。

　舞は千里が首を縦に振らないことを悟ったのか、荷物を持って席を立った。

「もう、いい。時間の無駄だったよ」

舞はそう言い捨てて、店を出て行った。

千里はぼんやりと舞の出て行った店のドアを見ていたが、未会計の伝票がテーブルの上に残されたままだということに気づき、どっと疲れが押し寄せてきた。

冷めかけていたコーヒーを口に含むと、やけに苦く感じた。

＊　＊　＊

喫茶店を出た千里は、出勤するため質屋に向かった。

ビルの裏手にまわると、着物を纏《まと》った年配の男が外付けの階段を下りてくるところだった。頭髪は薄いが、顎には立派な髭をたくわえている。足が悪いのか、木の杖《つえ》をついていた。

千里は会釈をするが、男は気づかなかったのか、早足で横を通り過ぎていく。はじめて見る顔だ。烏島の『二階の客』だろうか？

「おはようございます」

二階の部屋に入ると、テーブルの上の湯呑みを片付けている烏島と目が合った。

「ああ、目黒くん。今日は急に出勤時間を変更させてすまなかったね」

「いえ……仕事の依頼だったんですか？」

「うん。知人の紹介だから断れなくてね」

烏島は面倒くさそうに言った。

モノが集まるところには、情報も集まる——烏島は一階でモノを買い取り、二階で情報を売っていた。人捜しからモノ捜しまで、依頼の内容はさまざまだ。この質屋の利益はほとんど二階に来る客で得ているようなものだが、烏島が歓迎しているのはコレクションになり得るモノを持ち込んでくる一階の客である。

「私に手伝えることはありますか？」

「いや、この件については大丈夫だよ。目黒くんはダストッキューさんのところと、鳩《はと》子《こ》さんの店にお使いを頼みたい。いいかな？」

「わかりました」

烏島は盗品の買い取りなどを防ぐため、よく同業者と情報を共有しており、顔も広い。しかし烏島は店から出たがらないので、かわりに足を使うのが千里の仕事だった。そのせいか必然的に人と接する機会が多くなり、知り合いが増えた。廃品回収業者のダストッキューや、情報屋をやっている鳩子とも、千里はすっかり顔なじみになっている。

今まで最低限の人付き合いしかしてこなかった千里にとっては、大きな変化だ。

「そういえば、昨日うちに来たきみの友達、なんていう名前だったかな」

千里が出かける準備をしていると、烏島がふと思い出したように言った。

「咲楽さんのことですか？」

烏島から舞の話が出たことに、千里は少し驚いた。

「そう。あの子、人形はどうしたのかなと思ってね」

少し迷ってから、千里は口を開いた。

「……さっき、彼女に会いました」

「へえ、なんの用で？」

「人形をどうにかして買い取ってもらえないかと相談されて」

千里が言うと、烏島はくすりと笑った。

「それはもう『ともだち』じゃないね」

烏島の言葉は、千里の傷口に塩を塗りこんでくるようだった。

「向こうがきみのことを友達と思っていないからこそ、そういう図々しいことが頼めるんだろう」

「そんなことは……」

「ないと言いきれるかい？」

こちらを見つめる烏島の目は、すべてを見透かしているようだった。

「親しくもない『ともだち』が久しぶりに連絡をとってくるときは要注意だよ。金を借りたいか、なにか便宜を図ってほしいかの、どちらかでしかない」

舞は久しぶりに自分と話したいと言ってくれた。そのときは嬉しいと思ったが、切り出されたのは人形を売るための話だった。

「もしまた連絡が来ても、無視しなさい」

「……でも」

「彼女には関わらないほうがいい——わかったね？」

珍しく強い口調で、烏島が言う。千里は返事をすることができなかった。

＊　＊　＊

烏島から書類やお金などを預かり店を出た千里は、携帯電話を取り出した。

舞の父親は名の知られた大学教授だったので名前を覚えていた。自宅で趣味を兼ねた絵画教室を開いていると小耳にはさんだことがある。電話番号案内に問い合わせると、すぐに自宅の電話番号が判明した。

「はい。咲楽です」

低い男の声が聞こえてきて、千里は驚いた。舞は父親は入院中だと言っていたが、この人はいったい誰だろう。

「もしもし？」

受話器から聞こえる怪訝《けげん》そうな声に、千里は我にかえった。

「突然お電話してすみません。私、朱雀女子高で舞さんと同級生だった目黒千里といいます。舞さんは今いらっしゃいますでしょうか？」

「知らん」

いない、ではなく、知らない。その返事に、千里は戸惑う。

「あの、知らないって……」

「あれはとうにうちの娘じゃない。二度と電話をかけてこないでくれ。名前を聞くのも気分が悪いんだ」

ブツリと切れた電話に、千里は呆然とした。

男は「うちの娘」と言っていた。だから、電話に出たのはおそらく父親だろう。舞は入院していると言っていたはずだが、あれは嘘だったのだろうか。

千里は携帯電話を握りしめ、しばらくその場から動くことができなかった。

千里の知る咲楽舞は、明るく、しっかりものの少女だった。

しかし久しぶりに会った舞は、高校時代とはまるで雰囲気が変わってしまっていた。似合っていないワンピース、生気のない表情。人目を避けるような恰好《かっこう》をして、千里の前に現れたことも気になった。

電話での父親の口ぶりだと、舞は今、実家には住んでいない。かなり前に出て行ったようだ。それも円満にではない。いったい、彼女になにがあったのか。

舞はあの人形を売りたがっていた。父親が入院しているのは嘘だったが、彼女がお金を必要としているのは間違いないだろう。

あの人形を、舞は譲ってもらったと言っていた。烏島は舞が盗んだと断言した。烏島の質屋の店主としての目利きは鋭く、見立てはほぼ百パーセント当たる。だが証拠が出るまでは、彼女の言葉を信じたいと思う自分がいた。

『彼女には関わらないほうがいい』

烏島はそう言った。千里もそう思う。舞が自分を友達だと思っていないことも、利用したかっただけということもわかっている。

ただ千里は、舞にどうしても自分の姿を重ねてしまうのだ。

新卒で入った会社をクビになり、たったひとりの親族である叔父に貯金を持ち去られた千里には頼れる人もおらず、遺された両親の結婚指輪を烏島の店に質入れしようとした。結果的には買い取られなかったが、かわりにここで働くことになった。

追い詰められた人間が道を簡単に踏み外してしまうことを、千里は知っている。あのとき、烏島がいなければ千里もどうなっていたかわからない。烏島が救ってくれたのは、経済的危機だけでなく、千里の心もだった。

千里にはお金もない。便宜を図ることもできない。だが同じように追い詰められていた人間として、舞の話を聞きたい。偽善だと言われようともかまわなかった。

千里は烏島の言葉に背く決意をした。

＊　＊　＊

舞の実家に電話した翌日、仕事が休みだった千里は昼食を食べたあと、漫画喫茶に向かった。

烏島から支給されている携帯電話でもインターネットは使えるが、通信料が増えると不審に思われる。漫画喫茶は以前、仕事で調べ物をするために会員カードを作ってから、ちょくちょく通っていた。利用料も安く、パソコンも使え、ドリンクも飲み放題。千里のお気に入りだ。

薄い板に仕切られた半個室で着ていたコートを脱ぎ、千里はパソコンを起動させた。

舞の行方《ゆくえ》を調べるには、人形を調べるのが一番早い。人形の所有者を突きとめれば、舞の現状を知る手掛かりになる。一瞬、鳩子の手を借りることも考えたが、やめた。烏島の耳に入る可能性があるからだ。

ネット上の情報を調べているうちに、舞の持ち込んだ人形が関節部分を球状のパーツで繋いだ『球体関節人形』と呼ばれる人形であることがわかった。

千里はまず、球体関節人形を販売している企業や作家のサイトを、しらみつぶしに当たっていくことにした。

同じ球体関節人形でも、企業や作家によってそれぞれ特徴があり、ファンであればおそらく見分けがつくのだろう。人形の目の色を変えるパーツ、ウィッグ、服や装飾品なども販売され、所有者の好みに合わせてカスタマイズできるものもある。人形には証明書が発行されているもの、人形自体に作家のサインが刻まれているものもあった。しかし、左胸に壺の焼印が入った人形を見つけることはできなかった。

次にオークションサイトをのぞいたが、千里の予想よりもはるかに出品数が少なかった。出品内容を一件一件チェックしていくうちに、人形の売買に『お迎え』や『お譲り』という言葉を使っている出品者が多いことに気づく。譲る条件にも『可愛がっていただける方』と書いてあり、所有者の人形への愛を感じさせるものが多い。

結局、オークションサイトでも、舞の持っていたタイプの人形は見つけられなかった。

千里はオークションサイトから離れ、サーチエンジンで今度は『壺』と『球体関節人形』というキーワードで検索する。すると今度は人形に関連性の薄い検索結果がずらりと並び、げんなりした。

「そう簡単には見つからない、か」

時計を見ると、漫画喫茶に入ってから四時間が経っていた。ドリンクバーからとってきたメロンソーダを飲みながら画面をスクロールしていると、神除市《かみよけ》の店舗情報を集めているサイトが出てきた。リンク先に飛ぶと、店の名前と連絡先が一覧で載っている。

その中に、人形工房という文字が目に入った。

店の名前は『ＰＡＮＤＯＲＡ（パンドーラー）』。

千里はグラスを置き、店の名前と人形というキーワードで検索する。ギリシャ神話の

『パンドラの箱』について説明した記事が出てきた。パンドラの『箱』は『壺』という説もあるという内容に、千里は思わず身を乗り出した。

千里は店の住所をメモすると、急いで漫画喫茶を出た。

＊　＊　＊

漫画喫茶から電車を十五分ほど乗り継いだところに、その店はあった。

閑静な住宅街の中にある、高い塀と植物に囲まれた一軒家。家の外壁には蔦《つた》が這っている。門のところには、金属製の表札が埋め込まれていた。『PANDORA』という名前と、その横に壺のようなマークが刻印されている。人形の胸にあった焼印とそっくりだ。

鉄格子の門から中に入ると、すぐに玄関が見えた。インターホンはなく、真鍮《しんちゅう》のドアノッカーが目に入る。映画では見たことがあるが、使うのはこれがはじめてだ。

輪に手を通し、二度強く叩きつけると、しばらくして中から物音が聞こえてきた。

「はいよ、どなた？」

開いたドアから出てきた男を見て、千里は固まった。

年齢は四十代後半くらいだろうか。体格が良く、烏島よりも背が高い。身に着けているシャツとジーンズは着古され、くたくたになっていた。ぼさぼさの黒髪にはところどころ白髪が交じっている。垂れ目がちの目が印象的な顔立ちは甘ったるく、顎に生えた無精髭と相まって、だらしない遊び人風だ。それを証拠づけるように、男の唇の端にはピンク色のリップマークがついていた。この男は、人形工房の人間なのだろうか？

「おう、よく来たな！　待ってたぞ！」

とつぜん、男が大声でそう言って、千里の肩を抱き寄せてきた。

「ちょ、ちょっと、なにするんですか！」

「シッ。頼むから今だけ俺に合わせてくれ」

小さな声で男がそう言うと同時に、奥から足音が聞こえてきた。見ると、黒髪をゆるくカールさせた清楚な美女が、恐ろしい形相でこちらを見つめている。その口紅が少しよれているのを見て、千里は彼女が男の口についた口紅の主だということに気づいた。

「大鷹《おおたか》さん？　その子、誰なの？」

「俺の娘なんだよ」

「娘？」

女が驚いたように問い返す。千里も驚いた。

「待ってよ、大鷹さん。あなた結婚してないって言ったじゃない！」

「結婚はしてないが、子供がいないとは言わなかったろ？」

男は千里を片腕に抱いたまま、壁のフックにかけてあった白いコートを外して、女に押し付ける。

「悪いが、そういうわけなんで、俺のことは諦めてくれや」

「ま、待って！　まだ話は終わってな――」

「じゃあな」

男は千里を中に引き入れる代わりに女を外に押し出し、無理矢理ドアを閉めた。その直後、「このクソ野郎！」と言う声とともに、ドカンとドアを蹴るような音がする。大人しそうな外見に似合わない乱暴な言葉遣いに、千里は目が点になった。

「行ったか……やれやれだ」

女の足音が遠ざかると、男は疲れたようにため息をついた。千里はそこで自分が置かれている状況を把握した。

「い、いいかげんに離してください！」

「おぉ、すまんすまん」

男が千里の肩から手を離した。千里は男から素早く距離をとる。

「いきなりなにするんですか！」

「いやあ、あの子がしつこくてなあ。お嬢ちゃんが来てくれて助かったわ。ありがとよ」

男の悪びれない笑顔に毒気を抜かれた千里は、鞄からティッシュを取り出した。

「ついてます、口」

「ん？　あぁ、悪いな」

男はぽりぽりと頭をかき、千里からティッシュを受け取った。図体の大きい子供のようだ。口につけているものはまったく子供らしくないが。

「で？　お嬢ちゃんはうちに何の用だ？」

口元を拭っていた男に聞かれ、千里は本来の目的を思い出した。

「あの、こちらは人形工房なんですよね？　私、球体関節人形に興味があって」

千里が言うと、男は怪訝な顔をした。

「どこで知った？　うち、特に広告は出してねぇんだが」

「インターネットの店舗情報に掲載されていて……」

どういう経緯で舞が人形を手に入れたのかわからないので、下手にこちらの事情は明かせない。藪蛇《やぶへび》になるかもしれないからだ。

「あー、今はそういうので引っかかるんだな。悪いがうちは完全オーダー制でなぁ、一般に売るような人形はないんだわ」

男は困ったように頭をかいた。

「……そうなんですか」

千里がどうしたものかと悩んでいると、男が「まあ、いいか」と呟《つぶや》いた。

「あんたには助けてもらったからな。ついてきな。見るだけでよけりゃ、見せてやる」

あっさり許可が下りて千里が驚いていると、男が振り返る。

「こないのか？」

「い、いきます」

千里は男のあとを追いかけた。

細く長い廊下の突き当たりにある部屋に入ると、猫足の椅子がふたつと、小さな丸テーブルがひとつ、置かれていた。窓のない、殺風景な部屋だ。男はそこを通り過ぎ、奥の扉を開ける。そこからもうひとつの部屋に繋がっていた。

「どーぞ」

男に促され、中に入る。そこは先ほどの部屋と打って変わり、天井の高い、広い部屋だった。格子状の窓からは木々が生い茂る庭が見える。今どき珍しい暖炉もあった。壁に作りつけられた棚には、人形作成に使うのであろう器具や、人形のパーツらしきものが収められている。瓶《びん》に詰められている硝子玉は、よく見れば眼球だった。その横のガラスケースにはナンバリングされた毛の束と、腕や脚などが分類され、収納されている。まるで几帳面な猟奇殺人の犯人の部屋のようだ。

部屋の中央にある大きな作業台には、裸の人形が載っていた。その左胸に壺の焼印を見つけた千里は息をのむ。間違いない――ここで舞の持っていた人形が創られたのだ。

「ほら、あれだ」

男が指で指し示した大きなガラス棚には、数十体の球体関節人形が収められていた。すべて女性の人形だ。子供から大人まで、日本人らしい顔立ちの人形が多い。

「作家の方はどこにいらっしゃるんですか」

「目の前にいる」

千里はきょとんとして隣にいる男を見上げた。

「大鷹白史《はくし》。俺がこの人形工房『パンドーラー』のオーナー兼作家だ」

千里はまじまじと男――大鷹を見つめた。人形工房の人間なのだろうとは思ったが、まさか作家だとは思わなかった。芸術家には繊細で儚《はかな》いイメージを持っていたが、大鷹はそういった印象からかけ離れている。

「大鷹さんがひとりで？」

「そんなに意外か？」

「いいえ、あの、そんなことは」

「はは。嘘つくのが下手だなぁ、お嬢ちゃん」

大鷹は気分を害した様子もなく、楽しそうに笑っている。

千里がにわかに得た情報だが、球体関節人形には作家や企業のこだわり、個性が表現されているらしい――愛好家が見ればすぐに○○社製だとか○○先生のものだとわかるような。しかしここにある人形は、作家の個性ではなく人間的な個性が強く出ているような気がした。顔、肌の色、体型、服の趣味と、すべてバラバラだ。同じ作家が作ったようには見えない。

大鷹がガラスケースから艶《あで》やかな着物を着た人形を手に取った。舞が持ち込んだ人形を見たときも思ったが、生きているようにみずみずしい。瞳孔や虹彩まで再現された瞳は潤んでいるように見える。着物の袖から見える手はうっすらと赤みがかり、柔らかそうだ。

「触ってもいいぞ」

千里の心を読んだかのように、大鷹が言った。千里はおそるおそる人形のきめ細かな頬に手を伸ばす。指先に触れた感触に、千里は弾かれるように大鷹を見た。

「硬いんですね」

「そりゃ陶器でできてるからな」

「こんなに柔らかそうに見えるのに……」

「まあ、そこは作家の腕の見せ所だ」

男はまんざらでもなさそうに笑う。人形を見ているうちに千里はあることに気づいた。

「ほくろがある……？」

頬やこめかみに、焦げ茶色の小さな点がある。汚れかと思ったが、違う。大鷹は「よく気づいたなぁ」と嬉しそうに笑った。

「俺の人形にはモデルがいるんでね。身体的特徴はもちろん、着ている服も本人が着ていたものを忠実に再現してる。完全オーダーメイドの、この世にふたつとない人形だ」

千里は舞の持っていた人形を思い出した。あの人形は舞に雰囲気が似ていた。もしかして舞がモデルになっているのだろうか？

「この人形たちは、これからお客さんに引き渡すんですか？」

「いーや。『彼女』たちは売り物じゃない。戻ってきたんだ」

「戻ってきた？」

千里は首を傾げた。

「うちの人形は他人に譲渡することを固く禁じてる。所有者が亡くなれば、俺に戻す契約になってるんだ。さっき俺を『クソ野郎』呼ばわりしてた子も亡くなった父親が所有していた人形を持ってきてくれてな」

譲渡禁止――ということは、自分が譲り受けたという舞の弁は嘘ということになる。

「あの……」

「ん？」

「もし、なにかの手違いで人形が他の人の手に渡っていた場合は、どうしているんですか？」

千里が訊くと、大鷹は無精髭の生えた顎をさすった。

「あー、そういう場合は買い戻してるな」

「買い戻す？」

「俺の人形は愛好家向けじゃないから高値がつかない。売れないから、結局うちに持ってくるんだ」

今の大鷹の話で千里に一筋の光が差し込んできた。棚に並んでいる人形たちの中に、舞が持っていた人形は見当たらない。ということは、舞がこれから大鷹の下に人形を持ち込む可能性がある、ということだ。

「満足したか？」

「あ、はい。ありがとうございました」

「いや、俺もあんたのおかげで助かった。茶でも淹れるから飲んでいけ」

大鷹は人形を棚に戻すと、「そこに座ってくれ」と作業台の前にあるソファを指さし、コーナーに備え付けてある小さなシンクに向かう。千里がソファに座ろうとしたとき、男がうわ、と声を上げた。

振り返ると、大鷹が茶葉を床にぶちまけていた。茶筒から急須に茶葉を入れようとして、失敗したようだ。

「やっちまった。ええと掃除機は、と……」

大きな図体で、掃除機と言いつつ急須を持ったままうろつく大鷹を、千里は見ていられなくなった。

「ちょっとかしてください」

千里は大鷹から茶筒と急須を奪い取った。きょとんとこちらを見下ろしている大鷹は、子供のようだ。

「私が淹れますから、大鷹さんは座って待っていてください」

「あ、あぁ」

「これ高い茶葉じゃないですか？　もったいない」

千里はブツブツ言いながら茶葉を適量急須に入れ、ポットから湯を注ぐ。蒸らしているあいだに、掃除機で床に落ちた茶葉を吸い取った。それから前もって温めておいた湯呑みに茶を注ぎ、作業台の椅子に座っている大鷹に渡した。

「どうぞ」

「おう、ありがとな」

千里もソファに座り、自分の茶をすすった。身体が温まる。

「お嬢ちゃん、茶、淹れるの上手いな」

「そうですか？」

「ああ、最近の若い子はペットボトルだろ」

「あ……会社に勤めていたときにお茶くみしてたので、そのせいかもしれません」

短い会社員時代、日本茶だけはよく淹れていた。烏島に紅茶を淹れるたび、「茶葉の無駄」と言われていただけに、褒められるのはお世辞でも嬉しかった。

「かまわないかい？」

大鷹がジーンズのポケットから煙草を取り出してこちらを窺《うかが》う。千里が「どうぞ」と頷くと、大鷹は窓を少し開け、煙草を咥《くわ》える。人形に匂いがうつらないのかと心配になったが、作業台の上に置かれていた人形はいつの間にか片付けられていた。

「前の会社ってことは、今は辞めた？」

「はい、今は質屋に勤めてます」

千里が言うと、大鷹が煙草に火をつけようとしていた手を止めた。

「もしかして烏島のところか？」

大鷹の口から烏島の名前が出てきたことに、千里は驚いた。

「どうして烏島さんのこと……」

「あいつとは古い付き合いでな。最近、若い女の従業員を雇ったって噂で聞いたんだが、お嬢ちゃんのことだったのか」

古い知り合い――ということは、烏島は舞の持ち込んだ人形を見た時点で、大鷹が創ったものだと気づいていた可能性が高い。どうして千里に教えてくれなかったのだろうか？

大鷹が煙草に火をつける。普通の煙草のような煙臭さはなく、ほのかに甘い香りが漂ってきた。

「もしかして今日は烏島の遣いで来たのか？」

「え？　いいえ、違います！」

千里は慌てて首を横に振る。

「今日は個人的に来たので……その、烏島さんには……」

「おう。お嬢ちゃんが来たことは言わねぇよ」

千里はほっと胸を撫でおろした。

「なあ、よかったらまた茶、淹れに来てくれや」

「え？」

煙を吐き出しながら、大鷹は笑った。

「あんたの淹れる茶が、気に入っちまった」

ドールセラピー

「こんにちはぁ」

千里が質屋の二階で質札の整理をしていると、ハスキーな声とともに勢いよく扉が開いた。

「千里ちゃん！　久しぶり……でもないわね？」

灰色のフワフワのファーコートと、セクシーな赤のミニスカートを穿いて登場したのは、鳩子だった。

「そうですね、最近会ったばかりです」

千里は笑った。このあいだ烏島のお使いで、鳩子の店に行ったばかりだ。

「あ〜、寒かったぁ！」

鳩子はそう言いながら、最近出したばかりのストーブに駆け寄った。今日は風も強く、一段と冷え込んでいる。鳩子が着ているファーコートは暖かそうだが、膝上のミニスカートはストッキングを穿いていても、さすがに寒いだろう。

「今日は烏島さんと約束ですか？」

「そーなの。廉ちゃんは……いないようね」

ストーブに手をかざしながら、鳩子が部屋の中を見回す。

「烏島さんは一階で接客中です」

「やだ、またおかしなもん買い取ってるのかしら」

鳩子は烏島の古い知り合いだ。鳩子というのは源氏名《げんじな》で、本名は鳩村剛《はとむらつよし》。外見はゴージャスな美女だが、正真正銘の男だ。『夜の鳥《ちょう》』というゲイバーを経営している一方で、情報屋のようなこともやっていて、店からほとんど外に出ることはない烏島は、よく鳩子に仕事を依頼していた。

「おかしなものかどうかは……あ、お茶淹れるので、どうぞ座ってください」

「店の準備があるからすぐ帰るし、お茶はいいわ。これ、廉ちゃんに渡しておいてくれる？　このあいだ、依頼された件って言えばわかると思うから」

「はい、お預かりします」

千里は鳩子から差し出された封筒を受け取った。鳩子は「またね」と色っぽいウィンクを残してから、部屋を出て行った。

千里は受け取った封筒を烏島のデスクに置こうとして、視線を感じた。窓の外、電線にとまっているカラスたちだ。赤い夕陽を背に並ぶカラスたちの群れを見て、千里は胸騒ぎのようなものを覚えた。

「あ」

カラスに気をとられていたせいか、持っていた封筒を床に落としてしまった。中に入っていた書類が、封筒から飛び出る。慌てて中に戻そうとした千里は、書類に挟まれていた写真を見て、身を強張《こわば》らせた。それは、舞の写真だった。髪が長いので、おそらく最近のものだ。

そのとき、階段を上ってくる足音が聞こえてきた。千里は写真を封筒に戻し、烏島の机に置くと、急いでソファに戻る。

「ただいま」

入ってきたのは、烏島だった。

「おかえりなさい」

千里は手元の質札の整理に熱中しているふりをしながら答えた。

「僕がいないあいだ、なにかあったかい？」

「あ、鳩子さんが烏島さんに渡してくれって……机の上に置いてあります」

「ありがとう」

烏島がデスクチェアに座る。カサカサと封筒を開ける音がした。千里は烏島の方を見ることができなかった。

「目黒くん、今日はもう帰っていいよ」

千里が顔を上げると、烏島がちょうど書類を封筒に戻しているところだった。

「え、でもまだ勤務時間残ってますけど」

「これから私用で出かけることになったんだ。僕の都合で悪いけど。給与には響かないから、安心していいよ」

烏島の言う『私用』がなにか気になったが、詮索することはできない。千里は仕方なく質札を片付け、自分の荷物をまとめる。そのまま部屋を出ようとした千里は、烏島を振り返った。

「烏島さん」

「なんだい？」

どこかに電話しようとしていた烏島が、千里を見て首を傾げる。

「いえ……お先に失礼します」

千里は頭を下げ、部屋を出た。

＊　＊　＊

千里は深呼吸をし、真鍮のドアノッカーの輪を摑んだ。

目を瞑り、意識を集中させる。しばらくすると、とぎれとぎれに映像が脳に流れ込んできた。視えたのは、新聞と郵便の配達員、そして数人の女性。その中に舞の顔はない。

「よう、二日ぶりだな」

ドアが開き、不思議そうな顔をした大鷹が顔を出した。

「お、大鷹さん？　どうしてここに？」

「工房の窓から玄関が見えるんだよ。スーツ着た女がノックもせずにじっと突っ立ってるから勧誘かなにかかと思ったら……いったい、ここでなにしてたんだ？」

千里はギクリとした。玄関の前でドアノッカーを鳴らすでもなく佇んでいれば、当然不審に思うだろう。

「ぼ、ぼんやりしてただけです」

「他人の玄関先で？」

「よくあるんです」

大鷹は「へえ」と物珍しそうに千里を見る。『力』のことがバレたらどうしようと、内心ひやひやしていた。

「ま、いっか。で、今日はなんの用だ？」

「お茶を淹れに来たんですけど」

話が変わったことに安堵しつつそう答えると、大鷹は意外そうな顔をした。

「俺の頼みをきいてくれるなんて優しいなぁ、お嬢ちゃん。もしかして俺に惚れたか」

「ほっ、惚れてなんかいません！」

大鷹は「冗談だ」と笑い、千里を中に招き入れる。

「……そういう軽いこと言うから女の人が誤解するんじゃないですか？」

千里が言うと、少し前を歩いていた大鷹がちらりとこちらを振り返った。

「誤解？」

「このあいだの女の人です。大鷹さんの唇に口紅ついてたじゃないですか」

「あれは一方的に迫られてたんだ。最近の若い子は積極的でオジサン参っちゃうよ」

大鷹は頭をかく。中年太りはしていないものの、ボサボサの髪には白髪が交じり、笑うと目尻に深いしわが寄る。たしかに『オジサン』だ。この容貌のどこに美女を引きつけるものがあるのだろうか。

小部屋を通り、工房に入る。千里はこのあいだと同じようにお茶を淹れ、作業台にいる大鷹の下へ運んだ。

「やっぱりうまいなあ、あんたの淹れるお茶は」

茶を飲んだ大鷹が、感心したように言う。以前勤めていた会社でせっせとお茶を淹れていたとき、褒めてもらったことはほとんどなかったので、大鷹のストレートな言葉はとても新鮮に聞こえた。

「気に入ってもらえてよかったです」

千里が微笑むと、大鷹が小さな箱を差し出してきた。受け取ると、可愛い包装紙でラッピングされたチョコレートだった。

「これ、もらいもんで悪いが、よかったら食ってくれ」

「あ……ありがとうございます」

チョコレートは素直に嬉しい。

「煙草、いいか？」

「はい」

大鷹は千里に了承をとってから、煙草に火をつける。ほのかに甘い香りは、煙草というよりアロマに近い。嗅《か》いでいると、こちらの心までリラックスするような気がする。

千里はソファに座り、自分の茶を飲んだ。

「今日は仕事帰りか？」

「はい」

「烏島はあいかわらず変なモン買い取ってんのか」

烏島の話が出てきたことに、千里は少し身構えてしまった。

「……大鷹さん、烏島さんの趣味のことは」

「知ってるぞ。あいつが店をはじめたばかりの頃だったか。うちの客の人形を盗んだ奴が烏島の店に売りつけたことが判明してなあ、取り戻しに行ったんだよ。そのときに客の不幸なエピソードに関わるモノを好んで買い取ると聞いた」

そういえば烏島は一度だけ、盗品を買い取ってしまったことがあると言っていた。あれは大鷹の人形のことだったのだろうか？　であれば、烏島が舞の持ち込んだ人形をかたくなに買い取ろうとしなかったのも頷ける。

「人間嫌いだろ、烏島は」

「……そうですね」

烏島は人間ではなく、モノを愛《め》でる。接客業ゆえに人当たりはいいが、相手に一定の距離以上踏み込ませない空気を纏っていた。一度、烏島と古い付き合いである鳩子から「深入りしないほうがいい」と忠告されたこともある。

「ずっとひとりで店をやってた烏島がお嬢ちゃんを雇ったのが意外でなぁ。なにか変わった特技でも持ってるのか？」

千里はギクリとした。烏島を知る人物からは、必ずされる質問だ。自分の『力』のことは話せないので、いつも返答に困ってしまう。

「特技なんてないです。たぶん魔が差したんじゃないでしょうか」

「マ？」

「魔です」

嘘をついているわけではなく、千里の正直な気持ちだった。いくら特殊な『力』があるとはいえ、烏島が自分を雇うメリットはほとんどないのだ。質屋で買い取ったモノに、烏島の好きそうなエピソードを見つけることくらいである。

「ずいぶん自分を低く見積もってんなぁ、お嬢ちゃんは」

「本当のことなので……あの、大鷹さんは烏島さんと親しいんですか？」

千里は話を変えるように、大鷹に訊いた。

「知り合ってからは長いが、ほとんど顔は合わせてねえからなあ。親しいとは言い難いな」

「……そうですか」

大鷹にいろいろと訊きたい気持ちはあったが、千里は我慢した。烏島はプライベートについて詮索されることをとても嫌うからだ。

そのとき、玄関のほうでドアノッカーの鳴る音がした。大鷹は工房の窓から外の様子を見る。

「おっと、予約の客だ」

「あ、じゃあ私、帰ります」

慌ててソファから立とうとする千里を、大鷹が制した。

「いや、今出ると客と鉢合わせになって都合が悪いから、ここで待っててくれるか？そう時間はかからんはずだ」

「わかりました」

「あー、そうだ。これで、茶を一杯淹れてもらってもいいか？」

大鷹はシンクの上にある棚から小さなガラス瓶をとり、千里に渡した。中には植物の葉や茎、色あせた花びらなどが交じっている。どうやらハーブティーのようだ。

「いいですよ」

「ありがとな」

大鷹が出て行ってから、千里は茶の準備をはじめた。用意されていた透明の耐熱ガラスのティーポットに茶葉を入れ、お湯を注ぐと、ほのかに甘い香りがする。大鷹の吸っている煙草の匂いに似ている気がした。

茶を蒸らしているあいだ、手持無沙汰になった千里は、工房の窓から外の様子を窺う。大鷹の言っていたとおり、木々の陰から玄関の様子がよく見えた。

ドアの前に立っているのは、スーツを着た壮年の紳士だった。彼が大鷹の客なのだろうか。オレンジ色のライトに照らし出された顔は厳つく、人形を好むようなタイプには思えなかったので、千里は意外に思った。

蒸らしたお茶をティーカップに注いでいると、隣の部屋から声が聞こえてきた。ほどなくして、工房のドアが開く。振り返ると、大鷹が唇に人差し指を当てながら入ってきた。喋るなということだろう。千里が黙って大鷹にカップを渡すと、「ありがとな」と声のない礼が返ってきた。

大鷹が隣の部屋に消え、しばらくすると、嗚咽《おえつ》が聞こえてきた。

千里はぎょっとする。涙交じりの声は、大鷹のものではない。あの客が泣いているのだろうか？　全く想像がつかない。千里が耳を澄ませていると、「よろしくお願いします」という低い声とともに、部屋を出ていく音がする。千里が窓から外をのぞくと、どこかすっきりした表情で店を出ていく男の姿が見えた。

「すまん、待たせたな」

工房に大鷹が戻ってきた。

「お客さん、泣いてたみたいですけど大丈夫ですか？」

「あー、大丈夫だ。カウンセリング中はよくあることだしな」

「カウンセリング？」

その言葉に、千里は少し嫌な記憶を思い出した。幼い頃、千里の特殊な力を病気だと判断した両親にクリニックに通わされ、強制的にカウンセリングを受けさせられていたからだ。

「客の悩みを聞いて、うちの人形のセラピーが必要かどうか判断するんだ」

「セラピーって、なんだかお医者さんみたいですね」

「みたい、じゃなくて医者だぞ」

千里は「え」と声を上げた。

「ほ、本当にお医者さんなんですか？」

「なんだよ、疑ってんのか。医師免許、そこにあるだろ？」

大鷹が千里の背後の壁を指さす。そこには病院に行ったときによく見るような、額に入った医師免許証が飾ってあった。

「どうして医者なのに人形創りをしてるんですか？」

「若い頃医学留学したときに、人形を使ったセラピーに出会ってなあ。幼い子供を亡くした親に、その子供に似せた人形を創って心の傷を癒す診療を、留学先の医者がしてたんだ。それで興味を持った。留学先がビスクドール生産で有名な土地だったんで、参考に見せてもらってるうちにハマっちまった」

「じゃあ、ここのお客さんは患者さんなんですか？」

「病院じゃねえから客だ。知人の医者の紹介で来るんだが、日本じゃ精神科にかかることに偏見が強いんで、人形工房の看板掲げてる俺の店はいろんな意味で都合がいいんだ。社会的地位のある客が多いからな」

この人形工房が一見《いちげん》お断りという理由が、よくわかった。病院と一緒なのだ。人形を処方してもらうためには紹介状を書いてもらい、症状を診てもらわなければならない。

「大鷹さんも、子供を亡くした親のための人形を創ってるんですか？」

「いいや、俺は愛する女を失った男のために人形を創ってる」

大鷹は煙草に火をつけながら言った。

「さっきの客も愛妻家でなあ、いろいろと相談を受けてたんだが、先月その嫁さんが病気で亡くなったんで、彼女をモデルにした人形を創りたいって依頼されたところだ」

一般人の、それも故人をモデルにした人形――大鷹の創る人形が唯一無二であり、人形愛好家のためのものではない理由が、よくわかった。譲渡禁止にしているのも、依頼人の想いがつまった人形だからだろう。

「あの……男性のためにということは、大鷹さんのお客さんは男性だけなんですね？」

「そうだ」

人形の所有者である男と舞がどういう関係かはわからないが、舞はその男の大事な人形を奪い、売ろうとしていた——それは間違いない。このまま放っておけば大きなトラブルになるかもしれない。いや、もうすでにトラブルになっている可能性もある。

烏島が千里の知らないところで舞について調べていることも、気になった。千里の力を借りる必要がないから黙っているのか、千里に知られるとまずいことになるから黙っているのか。どちらにしろ、早く舞を見つけるに越したことはない。

「大鷹さん、またお茶を淹れに来てもいいですか」

千里が言うと、大鷹は「おう」と、気のいい笑顔で頷いた。

＊　＊　＊

千里がアパートに帰ると、部屋の前に人影があった。

耳の下で切りそろえられた、柔らかそうな栗色の髪。着ているワンピース型の制服は、名門女子高のものだ。

「……汀《なぎさ》さん？」

千里が名前を呼ぶと、制服の少女が振り返った。大きなアーモンド形の瞳が千里を捕え、ほっとしたように細められる。

「遅いわよ。待ちくたびれちゃったじゃない」

可愛らしい口で憎まれ口を叩くのは、八木《やぎ》汀——千里が質屋の仕事で知り合った少女だった。

「えーっと。今日、約束してましたっけ？」

「……約束はしてないけど。来ちゃダメだった？」

寂しそうな顔で汀に言われ、千里はうっと口ごもった。汀のこの表情に、千里は弱いのだ。

「来るのはかまわないですけど、日も暮れてますし、ひとりで出歩くのは危ないでしょう」

「それを言うなら千里さんだって一緒じゃない。同じ女でしょ」

「私はいいんです。汀さんは可愛いので心配なんですよ。今度は前もって連絡を入れてください ね」

千里は部屋の鍵を開け、中に入る。

「汀さん、どうぞ入ってください」

振り返ると、汀は頬を赤く染め、怒ったような顔でこちらを見ていた。

「どうかしましたか？」

「ど、どうもしないわよ！　お邪魔します！」

汀は千里を押しのけるようにして、玄関で靴を脱ぐ。どうやら怒っているのではなく、照れているようだ。しかし、どんな時でもきっちり靴を揃えていくところは、育ちの良さが表れている。

「わあ、炬燵だわ！」

部屋に入った汀が、嬉しそうな声を上げた。

「汀さんの家は炬燵ないんですか？」

「うちは床暖房なの。入っていいかしら？」

そわそわした様子で、汀が訊いてくる。千里は「どうぞ」と笑い、炬燵のスイッチを入れた。

「汀さん、この紙袋は？」

千里は台所に置かれている紙袋に気づいた。千里のものではない。

「うちの家政婦がおいなりさんを作ってくれたから持ってきたの。一緒に食べましょう」

「いいですね。じゃあ、あったかいうどんでも作りましょうか？」

「手伝うわ」

汀は炬燵から出ると、台所にあるエプロンを手に取った。たまに千里の部屋で汀に料理を教えているので、よく勝手を知っている。

「じゃあ、お湯を沸かしてくれますか？　ちょっと着替えてくるので」

着替えをとって洗面所に向かおうとすると、鍋に水を入れていた汀がなにかに気づいたように振り返った。

「千里さん、なにかつけてる？」

「えっ？　なにかって？」

「なんだか甘い匂いがするから」

千里がスーツの袖に鼻を近づけると、ほのかに甘い匂いがした。大鷹が吸っていた煙草だ。

「煙草を吸ってる人と一緒だったので、匂いがうつったみたいですね」

「あんまり煙草っぽくない匂いだけど……相手は男性？」

「はい」

スーツからジャージに着替えながら、千里が答える。だが、汀からは返事がない。

「汀さん？　どうかしましたか？」

千里が洗面所から顔を出すと、汀は台所で携帯電話を操作していた。

「え？　ああ、ごめんなさい。お兄さまにメールをしてるの」

汀の兄は、質屋の『二階の客』である。正確にはその父親が烏島の上得意なのだが、この夏、息子である彼から、とある調査の依頼を受けたことをきっかけに、千里は顔見知りになった。妹である汀とも、ひと月ほど前に起こった社交クラブの事件で協力してもらって以来、こうして交流が続いている。

「宗介《そうすけ》さんとよく連絡を取ってるんですか？」

「……家のことで仕方なくよ」

家庭の事情で、最近まで意思疎通が上手くいっていなかった兄妹だったが、どうやらふたりの仲は良好らしい。千里はほっとした。

うどんといなりの夕食をとってから、千里が洗い物をしていると、汀が紙袋からなにかを取り出し、炬燵の上にセッティングしていた。ピンク色の花が描かれた高そうなティーカップやティーポットに、千里は目を丸くする。

「汀さん、それは？」

「私のお気に入りのティーセットよ。これ、置いて帰るから私が来たときには使えるようにしておいてね」

汀は鼻歌を歌いながら、上機嫌で食後のお茶の準備をはじめている。汀の兄も、なぜか千里の家で食事をしたときに、自分専用の食器を買って置いて帰った。さすが兄妹、やることが一緒だなと思ったが、口には出さなかった。

「どう？　綺麗なカップで飲むとおいしいでしょ」

炬燵に高級なティーセットが並ぶ光景はかなりシュールだったが、汀の淹れてくれた紅茶はおいしかった。

「はい。でも、汀さんが淹れてくれた紅茶はどんなカップで飲んでもおいしいですけど」

千里が言うと、汀はなぜか黙り込んだ。

「汀さん？　どうかしました？」

「な、なんでもないわよ！」

汀はぷいと横を向く。大人っぽいところもあるが、汀はまだ高校生だ。難しい年ごろだなあと千里はお茶を飲みながら思った。

「せっかくだからお茶請けを持ってくればよかったわね」

「あ、チョコレートならありますよ。もらいものですけど」

千里が大鷹からもらったチョコレートの箱を取り出すと、汀は目を丸くする。

「これ、有名なブランドのチョコじゃない。誰から？」

「今日会った人に、お礼でもらったんです」

有名ブランドのチョコだとは知らなかった。

「その……相手は烏島さん、じゃないわよね？」

「違いますよ。烏島さんは煙草吸いませんし」

千里が言うと、汀はほっとした顔をする。

「あの、烏島さんて恋人はいるのかしら？」

汀の質問に、千里はドキリとする。

「さあ……私はプライベートなことはあまり知らないので」

「そう」

汀は残念そうな顔をする。嘘はついていない。だが、罪悪感を覚える。汀は烏島のことを気に入っているらしく、たまにこうして千里に烏島のことを訊いてくる。そのたびに、千里の心は原因不明の焦燥に襲われてしまうのだ。

「あら、同窓会があるの？」

チョコレートを摘《つ》まんでいた汀が、テーブルの端に置いていたハガキを取り上げた。

「あ、そうなんです。高校の」

処分するのをすっかり忘れていた。

「なかなかいいところでやるのね」

「学校主催なので派手なんですよ」

汀のような名門校ではないが、私立の女子高ということで、こういう催し物が派手に行われるのだ。

「会場、うちの系列のホテルよ」

「え、そうなんですか?」

「ええ。立食パーティって食事がイマイチなところが多いけど、このホテルなら間違いないと思うわ」

汀の父親は、平安時代までさかのぼることのできる名家の当主である。資産家でもあり、数々のグループ企業を有する実業家でもあった。

「千里さん、出席するの?」

「いえ、行きません。着ていく服もないし」

友達が多い人は楽しいだろうなあと思いつつハガキをゴミ箱に入れようとした千里は、

重大なことに気づいた。

「……あっ！」

思わず大声を上げると、汀が驚いたように千里を見た。

「え？　どうしたのよ、急に」

「いや、ちょっと大事なことに気づいて」

よく考えれば、舞も朱雀女子高の卒業生なのだ。同窓会に来る可能性がないとは限らない。もし舞が来なくても、舞には友達が多かった。彼女たちから舞の話を聞けるかもしれない。

「やっぱり出席することにします」

同窓会は今週の日曜日だ。出席連絡の返信締切もとっくに過ぎているが、ダメ元で連絡してみようと思った。立食パーティーなら、ひとりくらい増えてもなんとかなるかもしれない。断られた場合はホテルに偵察に行けばいい。

「待って、千里さん。あなたまさかスーツで行ったりはしないわよね？」

「えっ、ダメですか？」

「ダメに決まってるでしょ！」

ドン、と汀がテーブルに両手をついた。

「いや、でもスーツなら場所を選ばないし……」

「女子高の同窓会なんでしょう？　浮かない程度に綺麗な恰好していかなきゃだめよ！　あとで馬鹿にされるわ！」

「馬鹿にされても別にいいですけど」

見栄の張り合いに、余計なお金を使いたくない。

「だめ！　私がよくないの！」

汀はバッグから手帳を出す。彼女は高校生だが、資産家の令嬢として社会人の千里より忙しい毎日を送っているようだった。手帳は稽古ごとなどの予定で、びっしり埋まっている。

「明後日なら空いてるわよ」

「え？」

「服買うの、付き合ってあげる」

楽しそうに手帳に予定を書き込みはじめた汀を見て、千里はしばらくもやしばかり食べる生活になることを覚悟した。

烏《う》の目鷹の目

「目黒くん、そろそろ帰りなさい」

コレクションを置いてある棚に、今日買い取ったばかりの品を並べていた烏島が、千里に言った。

来客用のソファでパソコンに顧客データを打ち込んでいた千里は、時計を見た。午後六時すぎ。窓の外は真っ暗になっている。今日は朝から店に出ていたのだが、一階の客が途切れることなくやってきて、時間が経つのがあっという間だった。

荷物をまとめコートを着た千里は、今日買い取ったばかりの万年筆を柔らかい布で拭いている烏島に近寄った。

「烏島さん、急なんですけど今週の日曜日、午後からお休みをいただいてもいいですか？」

「日曜？」

「はい。ちょっと用事があって」

昨夜、同窓会に出ることを決めた千里は、今朝、同窓会の主催者に連絡をとり無事出席できることになった。問題はひとつ。会場のホテルまでの移動距離を考えると、仕事が終わってからでは開始時刻に間に合わないことが判明した。

「それなら一日休みをとったらどうだい？　有給はまだまだ残っているだろう」

カレンダーを確認した烏島が、千里に言う。

「いいんですか？」

「いいもなにも有休は消化するためにあるんだよ」

以前の会社は、社員全員に有休をとってはいけないような空気があったので、未だに店が営業している日に休むことへの罪悪感が付きまとう。

「……じゃあ、遠慮なく休ませてもらいます」

「うん。一応、連絡が取れるようにだけしておいて」

「わかりました」

千里は頷きながら、烏島をじっと見つめる。

視線に気づいたのか、烏島が首を傾げた。

「なんだい？」

――烏島さんは、鳩子さんに私の友達について調べるよう頼んだんですか？

喉まで出かかった質問は、どうしても口にすることができなかった。鳩子が持ってきた報告書を勝手に見たことがばれてしまう。わざとではないとはいえ、烏島からの信用を失いたくはない。

「いえ、なんでもありません。お先に失礼します」

千里が帰ろうとすると、身体がうしろに引っ張られた。振り返ると、烏島が千里の腕を摑んでいた。

「烏島さん？」

烏島が千里の腕を引き寄せる。黒いシャツを着た胸元が千里の目の前に迫り、千里は息をのんだ。

「か、烏島さん……？」

烏島が背を屈め、千里の肩あたりに顔を寄せてきた。烏島から紅茶の良い香りがする。心臓が爆発しそうになり、千里は摑まれていないほうの腕で、たまらず烏島の胸を押し返した。

「烏島さん、離してください！」

「ああ、すまない」

烏島はそこでようやく自分の行動に気づいたように、千里の腕から手を離した。

「きみから加齢臭がしたような気がして」

「かっ、加齢臭？」

千里はぎょっとした。

「うん、だけど気のせいだったようだ」

「気のせいでないと困ります！」

千里は烏島を睨みつけ、スーツをクリーニングに出すことに決めた。

「もう帰ります！」

「目黒くん」

「なんですか！」

千里が振り返ると、烏島は微笑《ほほえ》んでいた。

「もう外は真っ暗だ。寄り道せずに早く家に帰りなさい」

千里は烏島から視線を逸らし、「はい」と小さな声で返事をした。

＊＊＊

庭の奥に見える工房の窓には、明かりが灯っていた。

それを見た千里は『視る』ことを断念した。このあいだ来たときのように、大鷹に不審に思われてはまずい。ぼうっとしていたという苦しい言い訳は、二度は使えないからだ。

ドアノッカーを二度鳴らすと、大鷹がドアから顔を出した。

「こんばんは、お茶を淹れに来ました」

「おう、入れや」

大鷹が千里を中に招き入れる。かけている黒縁眼鏡が、鼻からずり落ちそうになっていた。

「大鷹さん、眼鏡かけるんですね」

「あー、これは老眼鏡だ。細かい作業をするときだけ必要でなあ」

中に千里を招き入れた大鷹は眼鏡を外し、Tシャツの襟ぐりに引っかけた。まさか老眼鏡とは思わず、千里は驚く。

「大鷹さんて、おいくつなんですか？」

「四十五。お嬢ちゃんの父親くらいの年齢か？」

千里は自分の父親の年齢を思い出そうとしたが、すぐに出てこなかった。舞に言われたとおり自分は薄情だと心の中で自嘲する。

「父親にしては若すぎますよ。私のこと、いくつに見えてます？」

「二十一、二だろ」

千里の年齢は二十二だ。私服で歩いているときは高校生にも間違えられることがあるので、年齢をほぼ正確に言い当てられたことに驚いた。

「あたりです。すごいですね」

「はは、女の人形を創ってるせいかもな。これも職業病だ」

大鷹は笑いながら、千里を工房に通した。作業台に小さな人形のパーツがいくつも並んでいるのに気づき、千里はドキリとする。大鷹には言えないが、バラバラになった人体のパーツはリアルで、人形だとわかっていても少し心臓に悪い。

「お仕事中だったんですね……邪魔してすみません」

「いや、かまわねえよ。ちょうど休憩しようと思ってたところだった」

大鷹はそう言いながら、人形のパーツに布をかける。

「それはこれからどうするんですか」

「やすりをかけ終わったところなんでな、これから色付けして窯《かま》で焼く」

「窯があるんですか？」

「おう、あれだ」

大鷹は部屋の奥にある、背の低い銀色の箱を指さした。

「……冷蔵庫かと思ってました」

「はは、たしかに冷蔵庫っぽいな。あれは電気窯なんだ。あれで人形のパーツを焼いて、やすりで磨いて、着色して、焼いて、を繰り返す」

「そんなに何度も？」

「ビスクドールの語源はフランス語の二度焼きからきてるんだ。本焼きと言ってまず型抜きした粘土を陶器のように硬くするために焼き、次は塗った色を定着させるために焼く」

かなり手間のかかる作業だ。

「一度に何体作るんですか？」

「一体だけだ。うちの人形は唯一無二だからな」

しかし台の上に用意されているパーツは、頭部だけでも三つある。

「でもパーツは一体以上あるみたいですけど……」

「焼いたり磨いたりを繰り返してると、途中でひびが入ったり割れることがあるんだよ。あと焼くとサイズが小さくなるんで、たまにパーツ同士がかみ合わないってことも起こるんだ。そういうときのために数を用意して、一番出来のいいものを使う」

「使わなかったものは？」

「もちろん破棄だ。うちの人形は唯一無二っていう特性上、他の人形には回せないもんでね」

「手間と時間がかかるんですね」

千里は感心したように言った。

「人形創りを手間だとは思わねえが、時間がかかるのは間違いないな。人形制作に入る前にカウンセリングやら材料揃えたりやらがあるから、依頼人によっては完成までに数年かかる場合もある」

人形について語る大鷹の目には、慈しむような優しさがある。愛情とこだわりを持って創っているのだということがよくわかった。

片付けをはじめた大鷹を見て、いつものようにお茶を淹れようとした千里は、茶筒がないことに気づいた。

「大鷹さん、茶葉がないんですけど」

「あー、悪い。切らしてるんだ。そっちの茶葉を使ってくれるか？」

大鷹が指し示したのは、ポットの横に置かれているガラスの瓶に入った茶葉だった。

昨日、大鷹の客に淹れたものだ。

「お客さんに出すお茶なのにいいんですか？」

「かまわねぇよ。ハーブティーは苦手か？」

「いえ、そんなことはありません」

少し飲んでみたいと思っていたので、願ったりかなったりだ。

「大鷹さん、入りましたよ」

千里はハーブティーを淹れたカップを作業台にいる大鷹の下へと運んだ。

「おう、ありがとな。これ、やるよ」

かわりに渡されたのは、小さなクッキーの詰め合わせだった。

「いいんですか？」

「もらいもんだから気にするな。俺は菓子食わねぇんでなあ、お嬢ちゃんが食ってくれると助かるんだ。このハーブティーにも合うと思うぞ」

「ありがとうございます」

千里は礼を言うと作業台の前のソファに座り、自分のカップに口をつけた。ひと口飲むと、良い香りが鼻を抜けていく。ハーブティーは癖があるものもあるが、これはとても飲みやすい。

「おいしいです、このお茶」

千里が言うと、工房の窓を開けていた大鷹が振り返った。

「そりゃよかった。俺が温室で育てた花から作ったんだ」

「大鷹さんが？」

人形を創り、花を育て、茶葉まで作る——大鷹の見た目からは全く想像がつかない器用さだ。

「意外って顔だなぁ」

「ええと、そんなことは……」

「はは、お嬢ちゃんは嘘がつけない性格だなあ。まあ人形を創ってるって言うとたいていの人間に驚かれるんだが——これ、いいか？」

千里が頷くと、大鷹は煙草を咥え、火をつける。

「大鷹さんにとって、人形の魅力はなんですか？」

人形を創るだけでなく、客が亡くなった場合は自分が人形を引き取る。自分が創った人形をとても大事にする理由が知りたかった。

「魅力？　……まあ、いろいろあるが一番は不変性だろうな」

「不変性？」

「人形は人間と違って、永遠に変わらない」

たしかに人間にはない魅力だが、モノも時間が経てば古くなり劣化する。

「でも、人形も時間が経てば劣化しますよね？」

「変化ってのは見た目のことを言ってるんじゃない。その在り方のことを言ってるんだ」

大鷹はそう言って、煙を吐く。

「人間は環境によって変化する。出会う人間や経験によって、嗜好や考え方も変わっていくだろ？　だが、人形にはそれがない」

「……変わることは悪いことですか？」

「うちにくる客にとってはな。人間は簡単に裏切るが、人形なら裏切らない」

大鷹の言葉は、烏島の言葉を蘇らせた。

『人間は簡単に裏切る。きみが信じていいのは、お金と僕だけだ』

無意識に人に肩入れしてしまう千里に、烏島はそう何度も釘を刺してきた。

「……大鷹さんも烏島さんみたいなことを言うんですね」

千里が言うと、大鷹は思い出したように笑った。

「そういや勧めたことあるんだぜ」

「なにをですか？」

「烏島に、うちで人形を創らないかって」

千里は目を見開いた。

「か、烏島さんは、なんて……？」

「断られた。人形にしたいほど思い入れのある女はいないってよ」

烏島に特別な女性がいるのかと思った千里は、大鷹の言葉にほっと胸を撫でおろす。

ふと視線を感じて顔を上げると、大鷹が頬杖をつき、ニヤニヤしながらこちらを見ていた。

「安心したか？」

「あっ、安心って、私は別に心配とかしてませんし……！」

平静を装ったつもりが、言葉に詰まってしまった。大鷹は「そうかそうか」と言いつつ、まだニヤついている。

「大鷹さん……面白がってるでしょう」

「いやあ、そんなつもりはなかったんだが……そういやお嬢ちゃん、どうして烏島のところで働き始めたんだ？　質屋の仕事に興味があったのか？」

大鷹がふと思い出したように訊いてきた。

「お金に困っていて、烏島さんの店に質入れに行ったのがきっかけです」

「金に困ってた？　そりゃまたどうしてだ？」

大鷹が意外そうな顔をした。

「勤めていた会社を辞めることになるのと同じタイミングで、叔父が私の貯金を持ち逃げしちゃって……」

たったひとりの肉親である叔父の新二《しんじ》は、千里の両親が残した保険金や自宅を売ったお金を持って夜逃げした。悪いことは重なるというが、その典型的事態だった。烏島に出会えなければ、きっと路頭に迷っていただろう。あのときだけは、ずっと疎んでいた自分の『力』に感謝した。

「両親はいないのか？」

「高校生のとき事故で亡くなりました。頼れるのは叔父だけだったんですけど……」

「金持って逃げちまったんだな」

大鷹は同情するでもなく、淡々と質問と相槌《あいづち》をはさんでくる。

「お嬢ちゃんは天涯孤独ってことか」

「そうですね」

新二は夜逃げしたまま未だに行方がわからず、連絡もない。烏島の調べによると、先物取引で多額の借金を背負っているとのことだった。もし連絡がとれたとしても、以前のような関係に戻るのは難しいだろう。

「ひとりは寂しいか？」

大鷹の質問に、千里は手の中にあるカップに視線を落とす。

「……こう言うと、薄情って思われるかもしれないんですけど、寂しいとは思わないんです」

「へえ？」

大鷹は意外そうな声を出した。

「理由を聞かせてもらってもいいか？」

「両親との関係は上手くいっていなかったので……亡くなったときはたしかにショックだったんですけど、同時に両親の顔色を窺う生活から解放されたことに、ほっとしたんです」

両親の死を悲しめない自分はどこかおかしいのではないかと、千里はずっと悩んでいた。

「――俺は薄情とは思わねぇなあ」

千里は弾かれたように顔を上げた。大鷹は短くなった煙草を灰皿に押し付け、千里を見つめる。

「気に入らないやつに対して『いなくなってほしい』と心の中で思うことは、人間なら特に珍しくもない感情だ。実際にいなくなって安堵するのは、薄情でもないし異常でもない」

「……相手が家族でもですか？」

「家族でも、だ。顔色を窺ってたってことは、お嬢ちゃんは両親からそれ相応の接し方をされてたってことだろ？」

両親から『力』を気味悪がられ「うちの子ではない」と言い放たれた。精神科のクリニックのカウンセリングを強制的に受けさせられ、世間体のため、遠くの病院に入院させられそうになったこともある。会話もなく、食事もほとんど一緒にとったことがない。

千里が記憶の底に沈めていた悪い思い出が、浮かび上がってくる。

「血の繋がりに縛られて、家族に対して負の感情を持ってはいけないものだと思い込み、自分を責めてしまう――違うか？」

「……そうです」

違わない。大鷹の言うとおりだった。

「愛と憎しみは紙一重ってよく言うだろ？　近しい関係であるほど、それが崩れた反動は大きい――ときに相手を殺そうとするほどにな」

千里は目を見開いた。

「わ、私は殺そうだなんて考えたことはありません！」

「わかってるさ。お嬢ちゃんは、そこまでには至らなかった。でも世の中にはそこまで追い詰められてる奴もいるわけだ」

大鷹の言葉に、千里は心臓が竦《すく》む思いがした。一歩間違えれば自分も行動に移していた？　心の中で必死に否定しようとするが、上手くいかなかった。

「ま、その感情が一概に悪だとは俺は思わないけどな」

大鷹はそう言って、新しい煙草に火をつける。

「悪ではない……？」

「そこまでお嬢ちゃんを追い詰めた相手に、まったく罪がないと言えるか？」

千里の脳裏に両親の顔が過《よぎ》った。疎ましそうに、そしてどこか恐れているように、千里を見つめる目。この『力』は自分のせいではないのに——長い間抱えていた鬱憤《うっぷん》が生々しく千里の胸を這い上がってくる。

「どんな負の感情でも、それを持つ自由は尊重されるべきだ。悪いのはお嬢ちゃんじゃない。負の感情を抱かせる原因を作った相手にある。罪悪感なんて持たなくていいんだよ」

本当にそうなのだろうか——千里はわからなくなった。

「人間嫌いの烏島がお嬢ちゃんをそばに置く理由がよくわかった」

突然、そんなことを言う大鷹に、千里は首を傾げた。

「……そばに置く理由、ですか」

「そう。お嬢ちゃんが質草だったら、あいつが買い取りたがるような不幸エピソード満載だ」

千里はドキリとした。大鷹の言うとおり、千里は『力』ごと烏島に買い取られたからだ。

「だからこそ、残念だよなぁ」

「……残念って？」

「お嬢ちゃんがモノじゃなく、人間だったことがだよ」

千里は目を瞬《またた》かせた。まったく意味がわからない。

「なあ、お嬢ちゃん。烏島のことをどう思ってる？」

「えっ……？」

千里は動揺した。それに気づいた大鷹が「そういう意味じゃない」と煙を吐く。甘い香りが千里のところまで漂ってきた。

「男女のアレじゃなく、あいつの考え方や行動のことだよ」

烏島には助けてもらった恩もある。信頼しているし、そばにいると心が安らぐ。だが彼の言動は、千里には理解できないことが多い。

「烏島さんのことは信頼しています。でも……」

「でも？」

言葉の続きを促すように、大鷹が尋ねてくる。千里は口の中がカラカラに乾いていることに気づき、いつの間にかぬるくなったお茶を飲み干した。甘い香りに躊躇《ためら》いが溶け、重い口を開く。

「……正直、理解できないことも多いです」

「ま、そうだろうなぁ」

「で、でも！　理解したいとは思ってるんです！」

言い訳するように千里が言うと、大鷹は首を横に振った。

「人間は理解しようと思って理解できるもんじゃない」

「でも……時間をかければ」

「人に対して感じたズレってのはな、そう簡単には埋まらねえ。相手に近づけば近づくほど、寄り添おうとすればするほど、そのズレは大きくなるもんだ」

大鷹は節の目立つ指で、とんとんと煙草の灰を灰皿に落とす。

「なにも烏島だけに限ったことじゃないぞ」

「え……？」

「お嬢ちゃんはまだ若い。これから先、いろんな経験をすれば、考え方や生き方が大きく変わる可能性もあるだろ」

人間ならば普通のことだ。なにか問題があるのだろうか。

「それは……人間なら普通のことですよね？」

「そう、人間なら当然のことだ。でもその変化を烏島が受け入れるとは限らないだろ？」

ドクリと千里の心臓が嫌な音を立てた。

「ヤツは元々人間嫌いだ。今までそばに人を置かなかった。お嬢ちゃんはイレギュラーな存在と言ってもいい」

以前、烏島は自分のコレクションは手放さないと千里に言った。今思えば、それは永遠に変わることのない『モノ』である場合だ。千里が烏島に「いらない」と言われる日が来ないとは言い切れない――人間である限り、変化は免れないからだ。

「烏島がお嬢ちゃんの変化に耐えられなくなるか、変化したお嬢ちゃんが烏島の考え方に耐えられなくなるか――さて、どっちだろうなあ？」

大鷹の言葉は心の奥に沈めていた千里の不安を掘り起こした。

「――目黒くん」

千里が顔を上げると、二階の部屋のドアのところに立っていた烏島が、こちらを怪訝そうに見つめていた。

「烏島さん、接客終わったんですか？」

一時間ほど前に一階の店舗に客が来て対応していたはずだが、いつの間に戻ってきたのだろう。

「終わったよ。途中、内線できみを呼んだのに返事がなかったんだけれど」

千里は驚いた。

「えっ、本当ですか？」

「僕がきみに嘘をついてなんの得がある？」

烏島の人形のような顔立ちに睨まれると、かなり怖い。テーブルに置いてあるパソコンを見ると、スリープ画面に移行していた。ぼんやりしすぎにもほどがある。

「すみません。ぜんぜん気づきませんでした……」

「睡眠不足かい？」

「いいえ、ちゃんと寝ています」

昨夜、睡眠は十分とったはずなのだが、倦怠《けんたい》感が抜けなかった。風邪でも引いたのかと思って熱を測ったが平熱だ。

「まったく。泥棒でも入ったらどうするつもりだったのかな」

烏島が呆れたように言った。

「大丈夫です！　烏島さんのコレクションは私が守りますよ！」

千里がドンと自分の薄い胸を叩くと、烏島は目を眇《すが》める。

「……きみもそのコレクションのひとつなんだけどね」

「えっ、今なんて？」

声が小さく、よく聞き取れなかった。

「なんでもないよ」

烏島はため息をつき、千里の隣に腰掛けた。

「買い取り、時間がかかりましたね。話がこじれたんですか？」

一階に来た客は、防犯カメラを通じて二階で確認することができる。烏島が対応していたのは中年の女性だった。

「いや、買い取りはスムーズだったんだけど、奥さんの世間話という名の愚痴が長くてね……さっそく仕事をお願いしたいんだけれど、いいかい？」

烏島が差し出したのは、細長いケースに入った一輪の赤いカーネーションだった。保存方法が悪かったのか、花びらが黒ずんでいる。

「プリザーブドフラワーですか？」

「うん。たしか自然物は視られないんだったかな？」

「はい。でも加工しているものなら大丈夫だと思います」

道端に生えている花からはなにも視ることができないが、人の手によって加工された花——たとえばドライフラワーなどからは視ることができる。生物がモノという概念を与えられ、人の思念が宿るようになったからではないかと、千里は考えていた。

「本当は買い取る前に視てもらいたかったんだけどね。だから内線をしたんだけれど」

にっこり笑う烏島の笑顔が、痛い。

「う……すみません」

「まあいいや。頼むよ」

烏島が千里の手のひらに花を載せる。意識を集中させようとした次の瞬間、千里の頭の中に次々と映像が流れ込んできた。

──え？

現れる映像に千里は驚き、手から花を落としてしまった。

「目黒くん？　どうした？」

なにが起こったのか一瞬把握しかねていると、烏島が声をかけてきた。

「あ、す、すみません」

千里は絨毯の上に落ちた花を拾おうとして、手を引っ込める。かわりに烏島が拾い上げた。

「なにが視えた？」

烏島に訊かれ、流れ込んできた映像を改めて思い返した千里は、顔を顰《しか》めた。

「その花……動物の血で染められています」

「血？」

「……赤い染料に血を混ぜている様子が視えました」

薄暗い部屋、ビニールを敷いた机の上に横たわるのは、小さな生き物だった。女が容器の中の赤い液体に小動物から流れ落ちる血を混ぜ込んでいる様子が、はっきりと視えた。

「動物っていうのは犬かい？」

「わかりません。もしかしたら猫だったかもしれません。とても小さかった……」

一瞬のことで、猫か犬かはっきりしなかった。深層心理で千里が視たくないと防御線を張ったからかもしれない。よく視えたのは無表情でナイフを使う女の顔。昏《くら》い目をしていた。思い出すだけで、吐き気がしそうだ。

「誰がやっていたか視えた？」

「眼鏡をかけた若い女性です」

千里が言うと、「そうか」と烏島は頷いた。

「これ、さっきのお客さんから買い取ったものなんですよね？」

「うん。客が今年の母の日に義理の娘からもらったものらしい。いらないので売りにきたそうだ」

「娘さんが……？」

贈り物を売りに来る客は珍しくない。だが何度そういう客の話を聞いても、いい気分はしなかった。

「そういえば春頃、この客が可愛がっていたペットが行方不明になったそうだ」

千里は息をのんだ。

「……まさか」

「客は娘さんの悪口ばかり言って帰っていったよ。どうやら上手くいってないようだね」

千里はゾッとした。

「烏島さん、警察には……」

「当事者以外の人間が行ってもとりあってもらえないだろうね。家庭内の揉め事には警察は消極的だ。人が死んでるわけでもないし」

烏島の言うとおりだった。千里の視たことは証拠にはならない。客に伝えたとしても、いたずらに揉め事を大きくするだけだろう。

「こういう陰湿な行為はエスカレートするものだからね。矛先が客のほうに向かないことを祈るばかりだよ」

そう言いながらも、烏島は、客に警告を出す気はないのだろう。それは質屋の仕事ではないことは、千里もよくわかっている。わかっていても、やるせなかった。

烏島はコレクションを飾っている棚に向かった。そこには剣道大会のトロフィーや、金歯の入った小瓶、高価なエメラルドの入ったワイングラス、鍵の束など、まったく統一性のない品が並んでいる。烏島はトロフィーを横に寄せ、空いたスペースに花を入れたケースを置いてから、千里を振り返った。

「目黒くん」

「あ、はい。なんですか？」

「驚いたのは、視た映像のせいだけじゃないだろう？」

千里は返答に詰まった。硝子玉のような瞳がじっとこちらを見つめている。烏島の目は誤魔化《ごまか》せない。

「……集中しなくても映像が視えたので、びっくりしたんです」

「集中しなくても？　前にこの部屋の扉に触れたときと同じような症状かな？」

以前この部屋に泥棒が入ったとき、千里は犯人を『視る』ためにドアに触れたことがある。あのときは店を訪れた多数のワケアリの客の情報が洪水のように千里の頭に流れ込んできて、かえってなにも確認できなかった。烏島は客の情念が降り積もっていたせいだろうと言っていたが、あのときは映像のほうが強引に千里の目をこじ開けているような感覚だった。

「あのときとは違うような気がします」

「どう違う？」

千里は自分の両の手のひらを見つめた。

「……今は、なんだか開いている感じなんです」

「開く？」

怪訝な顔をする烏島に、千里はどう説明していいものか悩んだ。

「普段は頭の中の目が閉じている状態なんです。力を使うときは、それを頑張って開けるようにしてるんですけど」

「目を閉じて集中するのはそのためだね」

千里は頷いた。

「いつもは開けるのに時間がかかるのに、今日は『視る』ってことを意識しただけで、すぐに視えたんです」

「頑張らなくても目が開いたということ？」

「はい……」

今まで体調が悪いせいで、視えないことは何度もあった。しばらくなにか考えるように千里の顔を見つめていた烏島が、口を開いた。

「昨日、なにかあった？」

烏島の質問に、千里はドキリとした。昨日、烏島からはまっすぐに帰るように言われたが、千里は大鷹の店に寄った。なにも悪いことはしていない。だが、烏島のいないところで烏島の話をしたことに後ろめたさを感じてしまう。

「……なにもありませんけど」

「そう」

烏島がそれ以上、追及することはなかった。

「原因がわからないなら、しばらくは気をつけたほうがいいね。視なくてもいいものを視てしまう可能性もある」

「はい、気をつけます」

視る能力がよくなったのはいいことだ。だが千里の力は人の秘密を暴く鍵でもある。力を使うときは慎重にならなければならない。

そのとき、電子音が鳴り響いた。烏島がポケットから取り出した携帯電話に応答する。

「あとで折り返します」と言ってから電話を切り、横目で千里を見た。

「目黒くん、今日はもう店を閉めることにしたから、きみも帰りなさい」

千里は時計を見た。今日は早出だったので千里の勤務時間は五時までだが、まだ一時間以上ある。

「まだ早いのに?」

「私用ができてね。急なことで悪いけど」

また『私用』ときた。このあいだも、烏島は私用ができたと店じまいをした——鳩子が持ってきた報告書を読んだあとだ。

「鳥島さん」

千里が名を呼ぶと、デスクでパソコンを操作していた鳥島が顔を上げた。

「なんだい？」

「……私用ってなんですか？」

千里が思い切って訊くと、鳥島は怪訝な顔をした。

「私用は私用だよ。きみには関係ないことだ」

穏やかな口調だが、それ以上、千里に踏み込ませない強さがあった。

「なにかあれば、また連絡するよ」

「……わかりました」

結局、舞のことを聞き出す勇気は出ないまま、千里は質屋をあとにした。

＊　＊　＊

「――ダメだわ」

制服を着た美少女は、千里の全身を見てから、そう言った。

「童顔だから可愛い系が似合うと思ったんだけど、似合いすぎてておかしいってこともあるのね」

「……おかしいですか？」

「ええ。ピアノの発表会に出る小学生みたい」

腕組みをして容赦なくダメ出しをする汀に、可愛い系のワンピースを試着していた千里は「これもダメですか……」と、肩を落とした。

烏島に店を追い出されるようにして仕事を終えた千里は、約束どおり、学校帰りの汀と一緒に買い物に来ていた。

衣食住の中で、千里が一番必要性を感じていないのは『衣』である。スーツと礼服、あとは動きやすい普段着が季節分あればそれでいい。服やアクセサリーに興味がないわけではないが、着ていく場所がないのと金銭面の関係で、これまでは後回しにしていた。

だが今日は、そうはいかない。汀が一切の妥協を許さないといった真剣なまなざしで、千里の予算に合わせた服を選んでくれているからだ。

「だからといってセクシー系は似合わないと思うし……ここは無難にシンプルなワンピースのほうがいいかもしれないわね。面白みはないけど、着回しもきくし」

汀は千里を眺めながら、ブツブツ呟く。

「汀さん、私、予算内で収まれば適当でいいんですけど……」

　この店に入ってかれこれ一時間、何着も試着させられ、そのたびにダメ出しを食らって、千里はかなり疲れてきていた。どうせなにを着ても、そう変わり映えしないのだ。それに似合う似合わないよりも、服についた金額のタグが気になる。

「なに言ってるのよ。適当に選んだら、それこそお金の無駄遣いでしょ」

　汀に睨まれ、千里はうっと口ごもる。正論すぎて、返す言葉がない。汀は「ちょっと待ってなさい」と言い残し、また服を物色しにいってしまった。

「よかったらこちらにおかけになってください」

　試着室に取り残された千里に、店員が椅子を持って近づいてきた。

「あ、ありがとうございます」

「いえいえ。試着するのも結構疲れちゃいますからね」

　長い黒髪が綺麗な店員は、愛想よく笑う。最初、この店員も千里の試着に付き合って「お似合いですよ」と声をかけてくれていたのだが、汀があまりにもダメ出しするのを見て、それ以上口を出さなくなっていた。

「お客様はお好きな色とかはないんですか？　好みを言っていただければ、かなり絞られてくると思うんですけど」

「はあ、特には……よくわからないので、もうぜんぶ任せようと思って」

おしゃれには自信がなく、流行もわからない。汀に任せたほうが間違いないと思っている。千里は楽しそうに服を探している汀を見つめた。さすが女子高生というべきか、とても元気だ。

「ご姉妹《きょうだい》ですか？」

「えっ？」

店員に訊かれ、千里は思わず大きな声を上げてしまった。

「いえ、ちが」

「はい。未来の義姉《あね》なんです」

否定しようとした千里を遮ったのは、両手にワンピースを二着持った汀だった。千里はぎょっとする。

「えー。未来ってことはお兄さんの恋人ですか？」

「そんな感じです」

しれっと答える汀に、店員は「そうなんですね～」と嬉しそうに笑う。勝手に話が進んでいることに、千里は慌てた。

「ちょ、ちょっと汀さん」

「お姉さま、今度はこっちを着てみてね」

そう言いながら汀は強引に試着室へと千里を押し込む。千里はまだしばらく解放されそうにないと暗澹《あんたん》たる気持ちになりながら、ため息をついた。

＊　＊　＊

買い物が終わったのは、それからさらに一時間後のことだった。

「ありがとうございます、汀さん」

汀が注文してくれた、細かくカスタマイズを施したアイスラテを飲みながら、千里は言った。

百貨店の一階のカフェで、千里は汀と休憩していた。買い物に付き合ってもらったお礼をしたいと千里が言うと、汀にここに連れてこられたのだ。まわりは、千里や汀と同じような買い物帰りの女性たちで溢れている。友人というものを作ってこなかった自分が、この空間に溶け込んでいることが、千里には少し面映《おもは》ゆい気分だった。

「別にいいわよ。私も買い物したかったし」

汀が素っ気ない調子で言った。

今日は汀も何着か服を購入していた。試着室に入った汀から「どっちが似合うと思う？」と訊かれたときは困った。正直、なにを着ても似合っていたので、千里が「どっちも似合う」と答えると機嫌を損ねてしまった。

「当日は私がコーデしたとおりにしてよね」

「はい、わかりました」

汀が予算内で、ひととおり必要なものを選んでくれた。これで明後日の同窓会はなんとかなりそうだ。

「日曜、お花の稽古が入ってなかったら、私が髪とかやってあげられるんだけど……」

汀が残念そうに言う。

「汀さん。気持ちはありがたいですけど、習い事を休むのはだめですよ」

「……わかってるわよ」

汀は唇を尖らせながら、ストローを弄る。

「ねえ、千里さん」

「はい？」

「今日、楽しかった？」

汀はそわそわした様子で千里を見ている。なんだか返事を期待されているような気がして、千里も緊張した。

「楽しかったです、とても」

ずっと人との深い付き合いを避けていた千里は、友達と遊びに行くという行為をほとんどしたことがなかった。慣れないことをして疲れたが、楽しかったのも事実だ。汀はパッと笑顔になる。

「そ、そう。じゃあまた付き合ってあげるわね！」

「はい。よろしくお願いします」

出会った当初はクールで冷めた印象が強かった汀だが、最近は可愛らしい笑顔を千里に見せてくれるようになった。

「そういえば、同窓会って何時に終わるの？」

「夜の八時くらいですね」

「そう、八時ね」

汀は携帯電話を取り出し、なにやら操作している。

「汀さん、うちに来るのなら別の日にしてくださいよ」

予定どおりに八時に終わっても、家に帰るのは九時を過ぎる可能性がある。夜遅い時間に汀を出歩かせるわけにはいかない。

「違うわよ！　私がいつもあなたの家に行きたがってるみたいに思わないでよね！」

「はあ……すみません」

真っ赤な顔をした汀に怒られた。どうやら勘違いしてしまったようだ。

そのとき、千里のスーツのポケットに入れていた携帯電話がブブブと低い音を立てて震えた。画面に表示された着信相手を見た千里は、ドキリとする。

「ごめんなさい、汀さん。ちょっと電話出てきますね」

千里は席を立ち、トイレの近くの人が少ない場所に移動した。

「もしもし、目黒くんかい？」

電話をとると、耳に烏島の低い声が入ってきた。

「はい、お疲れ様です」

「急なんだけど、明日は店を休みにするから来なくていいよ」

千里は目を見開いた。

「あの、なにかあったんですか？」

「私用が長引きそうなんだ。明後日……は、きみが有休をとってるから、明々後日《しあさって》からよろしく頼むよ。じゃあ」

「え？　あ、待ってくださ――」

千里の返事を待つことなく、電話は切れた。

烏島が店を早く閉めたり、休むことはめったにない。それが最近続いている――鳩子が舞の写真の入った報告書を持ってきた、あの日から。

千里は心に巣くう不安を打ち消そうとしたが、上手くいかなかった。

髪は女の命

夕闇の中、鉄格子の門を開けて中に入った千里は、庭の木々の向こうにある工房の窓を見た。

格子状の窓からは、明かりがもれている。大鷹が仕事をしているのだろう。ドアの前に立った千里は、少し緊張しながらドアノッカーの輪を摑んだ。

――視えた。

ここを訪れたのは、宅配の配達員らしき男と若い女が数人だけで、舞の姿はない。それを確認してから、千里はドアノッカーを二度鳴らし、自分の手を見つめた。

昨日、烏島が買い取ったプリザーブドフラワーを視たときよりは時間がかかったが、いつもよりずっと早く映像が流れ込んできた。やはり烏島の言うとおり『力』の性能が良くなっている。千里は自分に起きている変化に不安になった。

「よう」

しばらくして大鷹が顔を出した。中に招き入れられ、いつものように工房へと案内される。

「今日は早いなあ。スーツじゃないってことは、仕事は休みか？」

コートを脱ぎ、茶の準備をしていると、大鷹が煙草に火をつけながら訊いてきた。

「そうなんです」

今日は烏島の私用で臨時休業となった。明日は同窓会のため休みをもらっているので、次に烏島に会うのは明後日になる。

「せっかくの休みにうちに来るとは。他に遊ぶ相手はいねえのか？」

「いません」

最近になり千里の部屋に訪れる人間は増えたが、それまではひとり静かに過ごすことがほとんどだった。寂しいと思う瞬間がないわけでもないが、長年親の顔色を窺いながら過ごしてきた千里には、やっと得ることのできた穏やかな時間だ。

「ふうん。じゃあ趣味は？」

「趣味？　……節約ですかね」

お金がないので続けていることだが、スーパーで特売の商品を買い料理を作るのは、とても楽しい。

「そいつは趣味なのか？」

「趣味と実益をかねているんです。お茶入りましたよ」

お茶の入ったカップを作業台に運ぶと、大鷹が煙草を消して戻ってきた。

「ん、いい香りだ」

ティーカップの代わりに渡されたのは、可愛らしいキャンディの詰め合わせだった。

千里は作業台の椅子に座り、仕事を再開した大鷹を見る。白髪交じりのぼさぼさの髪に着古したTシャツとジーンズという恰好は、どう見てもだらしない『おじさん』だ。

しかし、こうして接しているうちに、千里は大鷹がなぜ女性にもてるかわかったような気がした。何度も茶を淹れているが、大鷹は毎回千里を褒めることを忘れないのだ。

そしてもらうほうの負担にならないお菓子までくれる。

「なんだぁ、俺がいい男過ぎて見惚《みと》れたか？」

千里の視線に気づいたのか、大鷹が顔を上げた。

「み、見惚れてなんかいませんよ！」

「はは、冗談だって。早く飲まないと茶が冷えちまうぞー」

「……わかってます」

千里は作業台の前にあるソファに座り、カップに口をつけた。優しい温もりと香りに包まれ、ほっとする。今日は風が強く、いつも以上に寒かった。

「そういえば、大鷹さんは趣味はないんですか？」

「俺か？　こうやって若い子とお茶することかねぇ」

「……お茶以外もしてましたよね」

ボソリと千里が小声で言うと、大鷹がニヤリと笑った。

「お嬢ちゃんもそういうことに興味があるか？」

「ありません！」

千里が睨みつけると大鷹は「すまんすまん」とまったく悪びれない顔で笑う。

「俺の趣味はまあ、仕事だろうなぁ」

「女性と遊ぶのは違うんですか？」

今日、玄関で『視た』顔ぶれの中には複数の女性が含まれていた。人形工房の客は男性だけなので、彼女たちはおそらく大鷹と親密な関係にあるのではないだろうかと邪推している。

「あれも仕事の一環だ」

「仕事の一環？」

「人形の造形のために女を識《し》る。骨格、質感、ライン、どれをとっても男とは違う。定期的に触れて確認することは、『女』を表現する上で大事なことなんだよ」

言う人間が違えばセクハラに聞こえそうな発言だが、不思議と大鷹からは、まったくと言っていいほど好色さを感じなかった。淡々と語る様子は職人の顔だ。

「つまり……女性と付き合うのは人形を創るためってことですか？」

「まー、そういうことになるな」

　仕事のためとはいえ、女性とそんな風に割り切って付き合えるものなのだろうか？　千里には理解できなかった。大鷹は困惑する千里をよそに、壁に張った紐に数枚の写真をクリップで留めはじめる。

「その写真は？」

「これから創る人形のモデルだ」

　写っているのは四十代くらいの女性だった。中には古い写真もまざっている。彼女の若い頃の写真のようだった。

「大鷹さん、それは顧客情報……」

　千里が呟くと、大鷹は肩越しに千里を振り返った。

「お嬢ちゃんは口が堅いんだろ？」

　さも信用しているというような口調で、当然のようにそう言われてしまうと、頷くしかなくなる。「誰にも言うなよ」と言われるよりも、効果的な口止めだ。

「綺麗な人ですね」

「このあいだ来てた客の嫁さんだ」

千里は大鷹の前で嗚咽をもらしていた紳士を思い出した。

「まだ若いのに、亡くなったんですね」

「検査結果に見落としがあったらしくてなぁ、気づいたときには手術できないほど病気が進行しちまっていたそうだ」

検査の見落とし――それは悔やんでも悔やみきれないだろう。

「病院側とはトラブルにならなかったんですか？」

「検査したのがあの客の病院だからなぁ」

「え？」

「病院の院長なんだよ」

大鷹の客は社会的地位のある人間が多いと聞いていたが、あの客もそうだったらしい。

「奥さんの検査をしたのはお客さんだったんですか？」

「いーや、嫁さんの浮気相手の若い医者だ」

妻の浮気相手が夫の職場の人間であることに、千里は驚いた。そしてその浮気相手が検査結果を見落とした――愛妻家だったという客には耐えがたい出来事に違いない。

「それを知って、お客さんはどうされたんですか？」

「病院の評判にも関わるし、医者のほうにも未来があるからって、大事にはせず辞表を出させるだけで済ませてやったそうだ」

ずいぶんと寛大な処分だ。病院の評判を落とすことは避けたかったのかもしれないが、浮気相手の医者は妻を殺したも同然だ。

「あのお客さんが泣いていたのは、浮気相手のせいで奥さんが亡くなったからですか？」

「ん？　いや、あれは嬉し涙だ」

予想外の答えに、千里は驚いた。

「愛する奥さんが死んだのに、嬉し涙？」

「そうだ。死んでしまえばもうこの先、愛する妻に裏切られる心配がないだろ？」

つまり夫は妻の死を喜んでいたということだろうか？　ずいぶんと感情が歪んでいるような気がした。

大鷹はペンをくわえ、先ほど紐に吊るした写真をじっと見つめている。

「あの、質問してもいいですか」

女性の写真を見ているうちに、ふと疑問が湧いた。

「答えられることならどうぞ」

「モデルが年配の方だった場合は、どうするんですか？」

大鷹の人形は可愛らしいものから美しいものまであったが、年をとった女性の人形は千里が見た限りなかった。

「もちろん人形らしくデフォルメする。俺が創るのはモデルそっくりのリアルな人形じゃなく、存在の象徴になる人形だ」

「存在の象徴……？」

「本物と見間違うほどリアルなクマのぬいぐるみを可愛いと思うか？」

想像してみた――表現力に感嘆することはあっても、さすがに可愛いとは思えなさそうだ。

「……思わないかもしれないです」

「だろ？」

大鷹は笑った。

「俺が創るのはあくまで人形なんでな、人形らしさは必ず必要なんだ。人形はモデルである女の存在を象徴するものであって、モデル本人に代わるものじゃない」

「身代わりじゃないんですか？」

「そうだ。俺の人形は『いいとこどり』なんだよ。あんまりモデル本人に寄せすぎると、悪いところまで思い出して、憎しみが湧いてくる」

憎しみという言葉に、千里は面食らった。

「憎しみって、人形のモデルはお客さんが愛していた女性なんですよね？」

「前にも言っただろ？　愛と憎しみは紙一重なんだよ」

そのとき、ドアノッカーを鳴らす音が聞こえてきた。

「今日は来客の予定はないんだがなぁ」

大鷹が頭をかきながら工房の窓から外をのぞく。

「ちょっと出てくるわ」

「お茶を淹れますか？」

「いや、茶はいい」

ソファから立ち上がろうとした千里を、大鷹は手で制した。

大鷹が出て行ってから、千里はソファから立ち上がった。もしかしたら舞かもしれない——期待を込めて窓から外をのぞき、息をのんだ。

——どうして、ここに？

玄関の前に立っていたのは、着物姿の年配の男。顎には立派な髭が生えている——間違いない、質屋の二階に来ていた客だ。

大鷹が外に出ると、男は笑顔になった。大鷹の顔は死角になっていてよくわからない。男は手に持っている白い封筒を大鷹に渡し、何度も頭を下げてから立ち去った。

「悪かったな」

封筒を持った大鷹が、工房へ戻ってきた。

「あの……今の男性は大鷹さんのお客さんですか？」

「見てたのか？」

大鷹は首を傾げる。

「……すみません」

「別にかまわねえけどな。知り合いか？」

「知り合いじゃないんですけど、見かけたことがあって……」

「あー、もしかして烏島のところでか？」

大鷹の口から烏島の名前が出たことに、千里は驚いた。

「ど、どうしてですか？」

「あの客から俺の人形を失くしたんで捜したいって相談されてなぁ、烏島を紹介したんだよ。お嬢ちゃんが質屋の人間だって知ったときは、てっきり烏島の使いで来たのかと思ったんだが」

「いいえ……私は知りませんでした……」

あの男が質屋に来たのは、舞が人形を売りに来た翌日だった。舞が持ち込んだ人形は、あの髭の男のものだった？　烏島は男に依頼され、舞の持っていた人形の行方を捜すために鳩子に調査を頼んだのだとしたら？　すべて筋が通るのではないか。

「あの、さっきのお客さんの人形は見つかったんですか？」

「いーや、見つからなかったらしい」

人形が見つからなかった——それは舞が見つからなかったということだろうか？　しかしこれ以上大鷹に質問すると、不審に思われるような気がして、躊躇われる。考え込んでいる千里をよそに、大鷹は作業台で封筒を開けはじめた。

「それは……？」

封筒の中から出てきたのは、赤い紐で束ねられた毛だった。

「人形の材料だ。人形が見つからなかったんで、新しく創ってほしいと頼まれてなあ」

ゆるやかに波うった黒髪は、本物の人間の髪のように見える。

「なんだか本物みたいですね」

「本物だぞ」

千里は弾かれたように顔を上げた。

「うちの人形の髪はモデルにする女の遺髪を使うんだ」

「遺髪……？」

「髪は女の命って言うだろ？　本物の髪を使うことで人形に新しい命を吹き込む」

千里は嫌な予感を覚えた。

「大鷹さん」

「ん？」

「その髪、少し触らせてもらうことはできませんか？」

大鷹の前で『力』を使うことには抵抗がある。以前、人の前で『力』を使い、バレたことがあったからだ。だが力の性能が良くなっている今なら、不審に思われることなく『視る』ことができる気がする。

「おう、いいぞ」

大鷹は特に不審がることなく、千里に髪の束を差し出した。それを受け取った千里は、髪の束を軽く握り締める。

――え……？

今日、この店の玄関先で力を使ったときよりも早く、映像が千里の頭に流れ込んできた。

月の明るい夜だった。錆びたフェンスが視える。そばにはコンクリートの古い建物があった。それを取り囲むように手入れされていない植木が放置され、荒れ放題だ。

そこに誰かが倒れているのが視えた。

パーカにジーンズ、首にはマフラーを巻いている。顔には殴られたような痕があり、口の端から血を流していた。

その顔を視て、千里は息をのんだ——舞だ。

そのとき、彼女の髪を骨ばった白い手が摑んだ。もう片方の手には折り畳みのナイフが握られている。よく光る刃が躊躇うことなく振りかざされ、舞の髪を根元から切り落とした。

舞の髪を持った男が、ゆっくりと立ち上がる。

月の光が男の顔を照らし出した。それを視た瞬間、千里は頭の中が真っ白になった。

——うそ……どうして？

千里は信じられないものを見るように、手の中の髪を見つめる。

「お嬢ちゃん？」

大鷹が千里の顔をのぞき込んできた。視覚から入ってくる情報と、脳内に直接入ってくる情報が混ざり合い、眩暈《めまい》がする。身体の震えが止まらず、千里は床に膝をついた。

「おい、お嬢ちゃん？　大丈夫か？」

心配そうに呼びかける大鷹の声は、千里の耳には入ってこなかった。

＊　＊　＊

『質』という看板にはオレンジ色の明かりが灯っていた。

千里は歩みを止め、ビルの二階を見上げた。窓からもオレンジ色の明かりがもれている。店主がいるのだ。

千里はビルの裏手にまわり、階段を上がった。

ここで働きはじめてから、千里はいろいろなものをもらった。お使いに出て戻ったときに「おかえり」と言ってもらえる。両親がいた頃の本当の家にはなかった安心感と居心地の良さ。千里にとってこの質屋は、いつの間にか『帰る場所』になっていた。

金属製のドアの前に立ち、深呼吸をしてからノックした。しかし返事はない。ドアに鍵はかかっていなかった。

「――その取引はこちらに利がないですね。それに彼は僕からすれば同情すべき被害者ですよ」

烏島はデスクチェアに座り、誰かと電話をしていた。部屋に入ってきた千里に気づくと「またかけ直します」と短く言って、電話を切る。

「目黒くん？　こんな時間にどうしたんだい？」

烏島が驚くのも無理はない。大鷹の店を出て、さんざん悩んでから、ここに来た。もう日付が変わろうとする時間だ。

「今日は休みにすると言っただろう？　なにかあったのかい？」

烏島に訊かれ、千里はきゅっと、こぶしを握り締めた。

千里は、モノに宿る記憶を『視る』ことができる。

モノというのは、人の思念が宿りやすいもの——主に人工物だ。人や動物、植物のような自然物に触れても、視えたことはない。ただ、自然物に人が手を加えたものなら別だ。このあいだのプリザーブドフラワーのように。大鷹の店に持ち込まれた髪の束も、それと同じ理由だろう。ナイフで生身の人間から切り落とされたあの髪は、『モノ』という概念を与えられた。

そしてその髪から千里が視たのは、血を流し倒れている舞から髪を切り落とす烏島の姿だった。

「烏島さん」

「なんだい？」

烏島は不思議そうに小首を傾げる。その様子はいつもとなにも変わらない。後ろめたいことなどなにもないような、そんな顔で千里を見ている。

舞に人形を奪われた顎髭の男は、人形を取り戻すことができず、新しい人形を作ろうとしている。材料として持ち込まれたのは舞の髪だった。大鷹の人形は、モデルになる人間の遺髪を使う。ということは舞はもう、この世にいないということになる。

――烏島さんが咲楽さんを殺したんですか？

喉元まで出かかった問いを、千里は口にする勇気が出なかった。

「……私になにか隠していることはないですか？」

結局、口から出てきたのは、遠回しすぎる質問だった。

「そんなもの、たくさんあるよ」

あっさり認めた烏島に、千里は面食らった。

「た……たくさんあるんですか？」

「当たり前だろう。隠し事をしない人間なんてこの世にいるわけないじゃないか」

烏島が呆れたように言う。

「目黒くんにもあるだろう、隠し事のひとつやふたつ」

まさか自分に水を向けられるとは思わず、千里はたじろいだ。

「それは……あります、けど」

「へえ、僕にも話せないこと？」

組んだ両手に顎を載せ、こちらを見つめる烏島は、どこか面白がっている表情だった。

千里は唇を噛む。

「私、明日、高校の同窓会に行くんです」

「同窓会？」

烏島が意外そうな顔をする。当然だろう。千里に親しい友人がいなかったことを、烏島は知っている。

「……咲楽さんにも会えるかもしれないので」

目を伏せ、千里は言った。舞の名前を出して、烏島がどういう反応をするか見るつもりだった。しかし現実は、烏島の目を見ることさえできない。

椅子が鳴る音がした。心臓がドクドクと脈打つ。俯《うつむ》いている千里の視界に黒い革靴が入ってきた。

「目黒くん」

千里は顔を上げた。烏島の硝子玉のような薄い色の瞳に映っているのは、怯《おび》えたような表情をした自分の顔だった。

「……なんですか」

声が震えた。

おもむろに烏島の白い手が伸びてきて、千里はギクリと身体を強張らせた。脳裏にナイフを握った烏島の顔が蘇り、冷たい汗が背中に流れる。

烏島の手は、ひとつにまとめている千里の髪をするりとひと撫でしてから、離れていった。

「髪が乱れていたよ」

そう言って、烏島が微笑む。

「同窓会、楽しんでおいで」

作られたように美しい烏島の笑顔を見て、千里はそこではじめて自分のほうがカマをかけられていたことに、ようやく気づいた。

闇夜の烏、闇夜の灯

部屋にある姿見の前に立った千里は、鏡に映る自分を見つめた。

膝下丈のノースリーブのワンピースは、首回りがスクエアにカットされた上品なデザインだ。深い緑色の光沢のある生地はハリがあり、スカート部分がふんわりと広がっている。他の色とも合わせやすく、羽織るものでいろいろとイメージを変えられるから、と汀は熱弁していた。

髪は右肩に横に流すようにまとめ、飾りがついた髪留めをつけた。メイクもいつもよりほんの少し念入りに。唇には明るいピンクのグロスを塗った。これも汀の指示どおりだ。

千里はコートを羽織ると、いつもの黒い鞄ではなくオフホワイトの小さなバッグを持ち、アパートを出た。

＊　＊　＊

ホテルの会場に入った千里は、スーツで来なくてよかったと心から思った。出席者は皆、華やかな服装だった。カクテルドレスが多いが、着物を着ている者もいる。家を出る前は少し派手ではないかと心配していた千里だが、会場にいる人の中ではかなり地味なほうだった。

千里の同級生は二百五十名いたはずだが、今日出席しているのはざっと見た限り百名ほどだろう。

会場内には、顔は見たことがあるような気がするが名前が出てこない同級生や、名前が出てきても高校時代と雰囲気がだいぶ違うため、本人かどうか確信が持てず声がかけられない元クラスメイトたちがいた。

千里はその中に舞の姿を捜したが、見つけることはできなかった。

飲み物が配られ乾杯の挨拶をすると、すぐにフリータイムとなった。立食パーティーなので、皆、思い思いに料理をとっている。千里はあまり食欲がなく、その輪に加わる気になれなかった。

「もしかして、目黒さん?」

振り返ると、ピンクのドレスと振袖を着たふたり組が近づいてきた。

「……飯野《いいの》さんと、吉田《よしだ》さん?」

名前が出てきたのは、高校時代もふたりがワンセットでよく行動していたせいだろう。ピンクのドレスを着た細身の女性が飯野。少しふくよかな着物姿の女性が吉田。どちらも千里のクラスメイトだ。たしか、舞とも仲が良かった。

「やっぱ目黒さんだ！　四年ぶりかな？　前回の同窓会は来てなかったよね？」

「あ、うん。今回がはじめてなんだ」

飯野に訊かれ、千里は頷く。

「目黒さん、あんまり変わってないね～。すぐわかったよ」

皿に載せた料理をもぐもぐ食べながら、吉田が言う。それを聞いた隣の飯野が、肘《ひじ》で吉田をつついた。

「ちょっと、目黒さんに失礼でしょ」

「ううん、よく言われることだから気にしないで。飯野さんと吉田さんはすごく大人っぽくなったね。一瞬わからなかったよ」

飯野はスタイルの良さをいかしたドレスが大人っぽい雰囲気にぴったりだった。吉田もおっとりとした顔立ちに和の装いがよく似合っている。

「やだ、目黒さん！　ほんとのこと言われると照れるじゃない！」

飯野に背中を叩かれて、千里は持っていたワインのグラスを危うく落としそうになった。

「目黒さんは今なにやってるの～？」

吉田に訊かれ、千里は躊躇った。舞は千里が質屋で働いていることを知って、便宜を図ってほしいと頼んできたからだ。このふたりがそういうことを頼んでくると思っているわけではないが、少しトラウマになっている。

「えっと、私は普通に社会人やってるよ。ふたりは？」

「私は院生やってるよ～」

「私はアパレル関係で働いてるの」

吉田に続き、飯野が答える。生き生きとした表情から、ふたりとも充実した生活を送っていることがよくわかった。同時に、舞の生気のない目を思い出す。

「そういえばふたりとも、咲楽さんと仲良かったよね？　今も連絡とってるのかな？」

千里はタイミングを見計らって、飯野と吉田に舞の名前を出した。

「舞ちん～？　そう言えば連絡とってないなあ。今日は来てないよね？」

吉田が会場を見回しながら言う。

「このあいだ誰か舞と連絡とろうとして、携帯繫がらなかったとか言ってなかった？」

「言ってたかも～。私、舞ちんの結婚式以来、顔見てないよ」

千里は耳を疑った。

「咲楽さん、結婚してるの？」

「二年前だったかな？　結婚式の写真まだ残ってたと思う～」

二年前――二十歳のときだ。吉田は携帯電話を操作し、写真を探しはじめた。

「そういや舞とは学校外で遊んだこと、ほとんどなかったなあ」

飯野がふと、思い出したように言った。

「えっ、そうなの……？」

「んー、仲は良かったんだけどね。でも舞、習い事とか家の用事で出て来られないことがほとんどだったんだよね」

舞は友人が多く、よく遊んでいるイメージだったので意外だった。

「あったあった～。これが舞ちゃんの旦那さんだよ～」

吉田が携帯電話の画面を差し出してきた。それを見た千里は、息をのんだ。

「……この人が？」

「びっくりでしょ～。還暦間近のおじいちゃん。信じられないことにこの年で初婚なんだって！」

「子育てより先に介護が来るよって言ってたよね、みんな」

吉田と飯野は笑っていたが、千里は笑えなかった。

ウエディングドレスを着た舞の隣で笑っているのは、大鷹の店に髪を持ち込んだ、あの男だった。薄い頭髪と立派な顎髭、そして見覚えのある木の杖――間違いない。

「咲楽さん、どうやってこの人と知り合ったの？」

「結婚相談所らしいよ。出会って二ヶ月のスピード婚。資産家だっけ？　地主だっけ？　忘れたけど、とにかくお金は持ってるらしいよ」

「結婚式は地味だったけどね～」

「お披露目会みたいな感じだったよね。旦那さんのほうは親戚いないらしいし、舞のお父さんも入院してるらしくて来てなかったし」

父親が入院――舞が千里に言ったことと一緒だ。

「まあ、旦那さんも優しそうだったし。舞も幸せそうだったからよかったじゃんって話に落ち着いたんだけどね」

「年も離れてるぶん甘えられるだろうしね～。なによりお金持ちだし！」

「お金は大事だよ。お金さえあれば何でもできる！」

盛り上がる飯野と吉田をよそに、千里は別のことを考えていた。

舞は自分の夫の大事な人形を持ち出した。夫は人形を取り戻そうと、烏島に依頼した。

だが人形は取り戻せず、新しい人形を作るため大鷹の店に舞の髪を持ち込んだ。夫婦となったふたりのあいだにいったいなにがあったのか——千里はパクパクと料理を食べている吉田を、ちらりと見る。

「吉田さん、咲楽さんの旦那さんの名前と住所ってわかるかな？　咲楽さんに渡したいものがあって連絡とりたいんだけど」

「わかると思う～。家に結婚式の招待状残ってると思うから、あとで連絡するよ～」

千里は不安を押し殺し、「ありがとう」と微笑んだ。

＊　＊　＊

「飯野さん、吉田さん、今日はありがとう」

同窓会が終わり、クロークでコートを受け取った千里は、飯野と吉田に礼を言った。

「こっちこそ楽しかったよ、目黒さん」

「私も楽しかった～」

今日、同窓会に出席したのは舞の情報を得るためだったが、千里も思いの外、楽しい時間を過ごすことができた。学生時代は人付き合いがいいほうではなかったので、こんなふうに気さくに喋ってもらえるとは思わなかった。

「あ、そうだ目黒さん！　今度合コン誘っていい？」

　飯野が思い出したように千里に言う。

「えっ、合コン？」

「よく幹事やるんだけど数合わせが大変でさ！　あ、もしかして彼氏いるとか？」

「いや、いないけど……」

　あまりよく知らない人と酒を飲むのは抵抗があった。だが飯野が厚意で誘ってくれているのはわかるので、断りにくい。どう返事をしたものか迷っていると、突然誰かに肩を摑まれた。

「千里」

　名前を呼ばれ振り返ると、そこには見知った顔があった。

「そ、宗介さん？」

　千里は思わず大きな声を上げてしまった。

　七杜《ななもり》宗介――平安時代から続く名家の跡取りであり、汀の異母兄だ。鳳凰《ほうおう》学園高等部に通う高校生だが、今日は制服ではなく私服姿だった。薄手のセーターに黒のパンツ、そして仕立ての良さそうなトレンチコートを着ている。

特に派手な服装でもないのに、やたら目立っているのは、素材の良さだろう。汀が西洋風の美形なら、宗介は和風の美形だ。艶やかな黒髪や切れ長の目は、かっこいいというよりも美人という表現が似合う。

「どうしたんですか、こんなところで」

「迎えに来たんだよ」

迎えと聞いて、きょとんとする。最近は汀を介してしか連絡をとっていない。そもそも宗介には同窓会のことは話していなかったはずだ。

「ねえねえ、もしかして目黒さんの彼氏？」

飯野が興味津々という表情で、千里と宗介を交互に見る。

「えっ？　ち、ちが」

否定しようとした千里の前に、宗介が割って入った。

「こんばんは、いつも千里がお世話になってます」

飯野と吉田に愛想よく挨拶する宗介に、千里は目を丸くする。そんな言い方をしたら勘違いされるではないかと思ったが、時すでに遅しだ。

「いいえ、こちらこそー」

「お世話になってま～す」

吉田と飯野は愛想よく答えながら、ニヤニヤと千里を見る。

「じゃあ、俺たちはこれで。行くぞ、千里」

宗介は千里のコートと荷物を奪うと、さっさと出口へと向かう。

「目黒さん〜、あとでまた連絡するからね〜」

「彼氏の友達でいいから今度紹介してよね！」

吉田と飯野に見送られながら、千里は宗介と一緒にホテルを出ることになった。

＊　＊　＊

ホテルを出ると、さまざまな店や街路樹には気の早いクリスマス・イルミネーションが点灯していた。

「宗介さん、私のコート返してください！」

千里が言うと、先を歩いていた宗介がようやく足を止め振り返った。宗介はワンピース一枚の千里と自分が持っているコートを交互に見て、ばつの悪そうな顔をして近づいてくる。

「……悪かったよ」

珍しく宗介は素直に謝り、コートを千里に着せかける。それに腕を通しながら、千里は大事なことを思い出した。

「宗介さん、さっきなんで否定してくれなかったんですか！　ふたりに誤解されちゃったじゃないですか！」

飯野と吉田は完全に宗介を千里の彼氏だと誤解していた。

「おまえ、人付き合い苦手だろ。合コンに誘われたときに俺を理由に断れるんだからありがたく思えよ」

「……話聞いてたんですか？」

「おまえの友達、声がデカイんだよ」

飯野は毎日接客で声を張り上げていると言っていた。ボリュームが大きいだけではなく滑舌がいいので、よく通るのだ。

「その服、汀が選んだんだってな」

千里がコートのボタンをとめていると、宗介が言った。

「そうですけど……馬子にも衣装って言うつもりなら」

「言わねえよ。似合ってる」

千里は目を見開いた。その反応が気に食わなかったのか、宗介は不機嫌そうに顔を顰める。

「なんだよ、その顔は」

「……宗介さん、なにかおかしなものでも食べましたか？」

「食ってねえよ！」

「宗介さんもなんだか今日は大人っぽい恰好ですね」

「……彼氏が子供っぽかったら箔《はく》がつかねえだろ」

「えっ、今なんて？」

宗介は怒ったように言い、歩き出した。千里は慌てて追いかける。

「宗介さん、迎えに来たって言ってましたけど、どうして場所を知ってたんですか」

「汀から連絡があった」

汀は千里と宗介の関係を少し勘違いしているところがある。おそらく今日も、必要のない気を回したのだろう。

「家まで送ってやる。行くぞ」

「今日は車じゃないんですか？」

宗介にはお抱え運転手がいるのだが、今夜は車を待たせている様子はない。宗介は首を傾げた。

「車のほうがいいのか？」

「そういうわけじゃなくて、珍しいなって思っただけです。まだ時間も早いし、ひとりで帰れますから——っと」

なにもないところで躓《つまず》きそうになった。よろめいた千里の腕を、とっさに宗介が摑む。

「危ねえな。飲みすぎじゃないのか？」

「そんなに飲んでないですよ。高いヒールに慣れてなくて」

汀に選んでもらったオフホワイトのパンプスは、履くと脚が綺麗に見えるが歩きにくいのだ。

「そんなにって、どれくらいだよ」

「ええと、シャンパンを一杯とワインを五杯くらい？」

飲み放題だったので、会費の元を取ろうと思ったのだが、会話が弾んだため思ったより飲めなかった。おいしそうな食事にあまり手を付けられなかったのも残念だ。

「すげえ飲んでるじゃねえか……」

なぜか宗介は驚いたような顔をしている。

「そうですか？　あの、宗介さん。もう大丈夫ですよ」

千里が摑まれた腕をほどこうとすると、宗介がおもむろに口を開いた。

「煙草は副流煙でも健康に被害が出る場合がある」

「……はい？」

脈絡のない話に千里は首を傾げた。

「煙草を吸う男に近寄るなよ」

「えっ？」

「返事」

「は、はい！」

鋭い目に威圧されて返事をすると、宗介は千里の腕を摑んでいた手を離した。ほっとして歩き出そうとしたとき、左手を大きな手に搦《から》めとられた。

「帰るぞ」

宗介は千里の手を引いて歩きはじめた。千里は驚き、思わず宗介の顔を見上げる。視線を感じたのか、宗介が千里を横目で見た。

「……なんだよ」

「誰かと手を繋いだの、すごく久しぶりだなって思って」

千里が笑うと、宗介はなぜか毒気を抜かれたような顔をした。

「そうか」

のだ。

「たぶん、子供のとき以来です」

千里の能力が発覚してからは、両親には手を繋ぐどころか触れることも拒まれていた
「……俺もだ」

宗介の手に力がこもるのを感じた。大きく力強い手なのに、千里はなぜか心細さを感じる。寂しい子供同士が身を寄せ合うような、そんな感覚だ。

「宗介さん」

「なんだよ」

「宗介さんは、信じていた人を信じられなくなりそうになったとき、どうしますか」

千里の質問に、宗介は怪訝な顔をした。

「……なにかあったのか？」

「……なにがあったのかを確かめる勇気が出なくて」

千里が力を使って視るのは『事実』だ。

烏島が倒れている舞から髪を切り取ったのは、『事実』である。だがそれに至るまでの経緯や動機——起こった出来事に隠された『真実』を知るには、力を使うのではなく、烏島本人に確かめなければならない。

しかしその真実が千里にとって信じたくないものであった場合、やっと見つけた自分の居場所を、千里は失うことになる。

「――見て見ぬふりはしない」

宗介が言った。

「でも私は、視て見ぬふりがしたいんです」

今まで、千里は自分の『力』で意図せず秘密を暴いてしまい、たくさんのものを失ってきた。知らなければ幸せなことはこの世の中には多い。自分がこのまま、真実を確かめずに知らないふりをすれば居場所を失うことはないのだと――そう囁《ささや》く、もうひとりの自分がいる。

「目を背けようとしても、背け続けられなくなるときが絶対にくる。あんただってそれは嫌ってほどよく知ってるはずだろ」

千里は口を噤んだ。

「俺はあんたに助けられたぜ」

「え……」

驚いた千里が顔を上げると、宗介の思いのほか優しい瞳がこちらを見つめていた。

「陽子《ようこ》さんのことだ」

　宗介は千里の『能力』を知っている数少ない人間だった。千里の力は、宗介が大事にしていた女性の秘密を暴き、残酷な真実を宗介に突きつけることになった。あのときも目を背けたくなるような事実を目の当たりにし、千里は何度も逃げ出したくなった。けれど最終的には逃げきることはできず、現実と向き合うことになった。

「私は……恨まれても仕方ないって、ずっと思ってました」

「たしかに千里の力によって知らなくていいことを知って胸クソ悪い気分にはなったけどな。知ったからこそ対処できたことがたくさんあっただろ」

　本当にそうだろうか。千里には自信がない。

「烏島となにかあったのか」

　千里はギクリとした。顔に出ていたのだろう、宗介が大きなため息をつく。

「図星かよ」

「……なんでわかるんですか」

「わかんねえほうがおかしいだろ。おまえになにかあるとすれば、あの男のこと以外に理由はない」

　呆れたような声に、千里は落ち込む。そんなに自分はわかりやすいだろうか。

「前にも言っただろ。あいつはあんたが理解できるような男じゃないって」

「それは……」

大鷹にも同じようなことを言われた。口籠《くちご》もる千里の手を、宗介が強く握り締める。

「千里」

「……なんですか」

「視て見ぬふりを続けて、自分まで見失うなよ」

宗介の言葉は、千里の心を大きく揺らした。

人形の家

彩津《あやづ》新伍《しんご》——それが舞の夫の名前だった。

吉田に教えてもらった住所にあったのは『とにかく金持ち』という言葉にはそぐわない、古い一軒家だった。

街から離れた場所にあるせいか、まわりには田畑が多く、隣家とも距離がある。剪定《せんてい》されていない高い垣根に囲まれた家は、中の様子がよく見えない。

千里は古い引き戸の横にあるインターホンを押した。

今日はスーツではない、私服を着てきた。彩津とはスーツ姿のときに一度すれ違っているからだ。向こうは覚えていないかもしれないが、念のため雰囲気を変えておいたほうがいいと思った。

しばらくすると、引き戸が細く開いた。そこから男が顔をのぞかせる——舞の夫である彩津だ。

「こんにちは。舞さんのご主人ですか？」

「……キミ、誰ですか」

　彩津は外に出てこようとはせず、両手で杖を握り締め、こちらを用心深く見つめている。

「突然すみません。私、舞さんの高校時代のクラスメイトなんです。舞さんはいらっしゃいますか？」

「舞になんの用です？」

　彩津は戸から顔だけ出すと、きょろきょろと目を動かし、外の様子を窺っている。他に誰かいないか確認しているようだった。千里は不審に思ったが、笑顔を保った。

「昨日、高校の同窓会があったんです。舞さんが欠席だったので記念品を預かってきたんですが」

　記念品は出席者に配られるもので、もちろん舞の分はない。ここに来るための口実だった。すると彩津はほっとしたような顔をする。

「申し訳ないが舞は今、留守にしててね。よかったらワタシのほうで預かりましょう」

　彩津が手を差し出す。千里は自分用にもらった同窓会の記念品を彩津に渡してから、

「お願いがあるんですけど……」と切り出した。

「舞さんの結婚式の写真を見せていただけませんか？」

「結婚式？」

彩津が怪訝な顔をする。

「はい。私、用事があっておふたりの結婚式に出席できなかったんです。なかなか舞さんに会う機会もないので見せてもらえたらと思って」

ここに来る前に、彩津の返答を予想して、対応を考えてきた。こういう嘘がつけるようになったのも、仕事でたびたび潜入調査をしてきた賜物かもしれない。

「家の中が散らかってるんでね……」

「気にしません。見たらすぐお暇《いとま》しますので」

彩津は少し躊躇う様子を見せたが、わざわざ記念品を届けに来た妻の友人を追い返せないと思ったのだろう。それなら、と千里を家に招き入れた。

家の中に入った千里は、驚いた。

散らかっている、という彩津の言葉は嘘ではなかった。玄関や廊下、階段、家の中のあらゆる場所にたくさんのモノが積み上げられていたからだ。招き入れられた居間も同じだった。畳は日に焼け、何年も取り換えていないようだった。障子も破れたまま、放置されている。これが本当にお金持ちの家なのか、と千里はにわかには信じられない思いだった。

「申し訳ないね、舞がいないから茶も出せなくて」

すすめられた座布団に座ると、彩津にそう謝られた。

「いえ、おかまいなく……」

特に飲みたいとは思わなかったが、なぜ客に茶を出せない理由が家にいない舞にあるのか、千里は疑問に思った。

そのとき、廊下のほうから電話の音が聞こえてきた。ガタンという大きな物音がして、千里がそちらを見ると、居間の棚を漁《あさ》っていた彩津が怯えた顔で固まっていた。

「どうかしましたか？」

「いや……最近いたずら電話が多いんですよ」

いたずら電話にしては、少し大げさにも思える驚きようだった。彩津は電話に出ようとはせず、音が止むまでじっと身をかたくしていた。

「これが結婚式の写真です」

彩津から渡されたのは、古いアルバムだった。結婚式場で編集されるような立派なアルバムを想像していた千里は少し驚いた。

「これ……ですか？」

「結婚式場で作るのは高くて馬鹿らしかったんでね。写真は上手く撮れているはずだよ」

言い訳するように彩津が言った。表紙をめくると、古い写真が台紙に貼り付けられていた。写っているのは皆、同じ女だった。年は二十代くらいだろうか。離れ気味の目。そばかすのある肌と癖のある黒髪。着ているのは時代を感じる古めかしい服。

一瞬、舞かと思ったが、よく見ると顔が違う——舞ではなく、舞の持っていたあの人形にそっくりだった。

「ああ、すみません。舞の写真はもっとうしろのページにあるので」

古い写真を凝視していた千里に気づいたのか、彩津が言った。

「この写真の女性は誰ですか？」

「ワタシの母ですよ」

舞が質屋に持ち込んだ人形は、彩津の母親をモデルにしたものだ——間違いない。

ページをめくると、ようやくウエディングドレスを着た舞の写真が出てきた。写真はプロではなく、素人が撮ったものをプリントしたようだった。アルバムに貼り付けてあるのは舞の写真だけで、出席者の写真はない。ところどころ写真を剥がしたような不自然な空白があるのも気になる。

千里はアルバムを閉じ、机の向こう側に座っている彩津を見た。

「舞さんは、今どこにいますか？」

千里が訊くと、彩津がピクリと眉を動かした。

「……どうしてそんなことを？」

「同窓会で舞さんと連絡がとれないって友人たちと心配してたんです」

飯野と吉田の話によると、舞と連絡がとれなくなったのはここ最近のことではなさそうだった。

「お恥ずかしい話なんだが、実は舞は家を出て行ったんですよ」

「なにかあったんですか？」

「いやなに、よくある夫婦《ふうふ》喧嘩《げんか》です」

彩津はへらりと誤魔化すように笑う。

「いつ出て行ったんですか？」

「二週間ほど前ですね」

ちょうど舞が人形を持って質屋を訪れた頃だ。

「捜索願は出したんですか？」

「いや、そんな大事《おおごと》にしたくないんですよ。あの子も若いからね、自由にしたくなることもあろうと思って。そのうちふらりと帰ってくるのを待ってるんです」

顎髭をしきりに撫でながら、落ち着かない様子で彩津が言う。

「でも二週間は長すぎます。舞さんのことが心配じゃないんですか？」

「そりゃあ心配ですよ、もちろん」

「じゃあ今からでも遅くないので、捜索願を出したらどうですか？」

千里が言うと、それまで愛想笑いを保っていた彩津が苛立ちを露にした。

「キミには関係ないだろう？　これはワタシと舞の夫婦のことなんだから、放っておいてくれ！」

唾を飛ばしながら、彩津が怒鳴った。

豹変したその態度に、千里は驚いた。彩津は舞の行方を知っている——そんな気がした。大鷹の店に髪を持ち込んだことを指摘しようかと思ったが、実際に舞の髪を切ったのは烏島だ。もし彩津が本当に舞の行方を知らないとしたら、藪蛇になる可能性がある。

「……わかりました。失礼します」

彩津からこれ以上の話を引き出すのは無理だと判断した千里は、玄関に向かった。

靴を履いているとき、靴箱に立てかけてあった木の杖が倒れた。杖を元に戻そうとした千里は、その先に赤黒い染みのようなものがついていることに気づいた。

——血……？

虫の知らせのようなものを感じた千里は、倒れた杖を握り締める。映像が視えるまでには、少し時間がかかった。

月の明るい夜だった。

建物の屋上に、誰かがいる。人影はふたり——恐怖に顔を歪めた舞と、怒りに目を血走らせた彩津だった。

——咲楽さん？

舞は最後に会ったときと同じ帽子をかぶり、パーカにジーンズという服装だった。じりじりと後ずさる舞に彩津が迫り、距離を詰めていく。

ふたりはなにか言い争っているようだった。だが残念ながら、千里は『視る』ことしかできないので、会話の内容はわからない。

激昂した彩津が杖を振り上げ、舞の頭を殴る。その衝撃で舞の被っていた帽子が飛んだ。逃げまどう舞を、二度、三度、と彩津は杖で打ち付ける。屋上の隅に追いつめられ、バランスを崩した舞の身体が、低い手すりの向こう側へと落ちていくのが視えた。

千里は杖を持ったまま、呆然とその場に立ち尽くした。

「まだ帰っていなかったんですか？」

振り返ると、居間から彩津が不審そうな顔をして出てきたところだった。

「——舞さんをこの杖で殴って、建物の屋上から突き落としたんですね」

千里の言葉に、彩津の目が驚愕に見開かれる。

「捜索願を出さないのは、舞さんが生きていないと知っているからですか？」

千里の質問に、彩津が形相を変えた。

これまで杖をついていた人間とは思えない足取りでこちらに向かってくると、驚き固まる千里から杖をひったくった。

血走った目——舞を殴ったときと同じ表情だ。

彩津が勢いよく、杖をふりあげる。避けようとするが、間に合わなかった。杖の先が千里の左頬を殴り飛ばす。千里は受け身もとれないまま、玄関のたたきに倒れ込んだ。

不思議と痛みは感じなかった。目の前に星が散り、頭がくらくらする。口の中に広がるのは血の味だ。

ふと、目の前に影が差した。

顔を上げると、尻もちをついている千里をまたぐようにして彩津が立っていた。両手で杖を振り上げる。それに気づいた千里はとっさに彩津の足を蹴飛ばした。彩津がよろめき、千里を叩くはずだった杖が、玄関の引き戸を突き破る。

スーツで来なくてよかったと、このときほど思ったことはない。

「待てっ！」

玄関に転がった彩津が叫ぶ。待てと言われて待つ馬鹿はいない。千里は震える足を叱《しっ》咤《た》し、家の外へ飛び出した。

＊　＊　＊

質屋の二階の部屋に入ると、烏島は電話中だった。

「――ええ、話はわかりました。少し落ち着いてください、彩津さん」

千里の耳はしっかりと拾った――『彩津さん』と言う烏島の声を。ドアを開けたまま立ち尽くす千里に、烏島が気づいた。人形のような顔立ちが、珍しく驚きの色に染まる。普段の千里なら珍しいものを見ることができたと喜んだかもしれない。だが今は、そんな心の余裕はなかった。

「すみません、またあとで折り返しますので」

烏島はそう言って電話を切ると、千里のほうへ近づいてきた。

「目黒くん？　どうしたんだい、その顔は」

顔と言われても、千里は鏡をよく見ていないのでわからない。興奮しているせいか痛みはなかった。口の中に混じった血の味だけが不快だ。

「血が出てるじゃないか」

烏島が千里の口元の血をハンカチで拭おうとする。千里はそれを払いのけた。

「彩津に、なにを頼まれたんですか」

床に落ちたハンカチには見向きもせずに千里が言うと、烏島は顔を顰めた。

「その怪我《けが》は彩津にやられたのかい？」

「そんなこと、今はどうでもいいんです」

千里は烏島を睨みつける。

「きみが同級生の行方を捜していることには薄々気づいていたけれど、まさか彩津さんのところまでたどりつくとは。探偵役がたいぶ板についたようだね」

「ふざけないで、質問に答えてください！」

千里が詰め寄ると、烏島は大きなため息をついた。

「僕は彩津さんに咲楽舞を連れ戻してほしいと頼まれただけだ」

「それだけじゃないでしょう？」

「どういう意味だい？」

烏島は首を傾げる。

「――私、烏島さんが咲楽さんの髪をナイフで切るのを視たんです」

烏島は表情を動かさなかった。

「彩津が咲楽さんを殴って、建物の上から突き落としたのも。そのとき咲楽さんの髪はまだ長いままでした。烏島さんが咲楽さんの髪を切ったのは、そのあとですよね」

彩津に殴られて被っていた帽子が飛んだとき、舞の髪は長かった。倒れていた舞が口から血を流していたのは、彩津に殴られたせいだった。その舞から、烏島は髪を切り取ったのだ。

「きみの能力もこうなるとやっかいだな」

烏島は困ったように肩をすくめる。

「認めるんですか？」

「ああ、認めるよ」

わかっていたことでも、本人の口から聞くとこれだけ衝撃を受けるものなのだろうか。

千里は怒りで身体が震えるのを感じた。

「なんで……咲楽さんの髪を切ったんですか」

「彩津さんに頼まれたんだよ。必要だって言われてね」

なんでもないことのように言う烏島に、千里は目を剝《む》いた。

「頼まれたらなんでもやるんですか？」

「彼は僕の客だ」

「あの男は人殺しです」

髪は女の命だと大鷹は言った。命を奪われ、髪を奪われ、舞は二度殺されたようなものだ――烏島はそんな男の片棒を担いだ。

「人の大事にしているモノを勝手に奪うような人間のほうが、僕はどんな悪人よりも許しがたい。それが人を殺した人間でも」

烏島はそう言いながら、『コレクション』の棚のほうへ歩いていく。手に取ったのは真っ赤なダンスシューズだ。先月、この部屋から盗み出され、烏島が取り戻した。上品な光沢を放つ赤いサテンの生地を、長い指で愛おし気に撫でる。

「そもそもこうなる原因を作ったのは、彩津さんの人形を盗んで逃げた彼女だ」

口の中の血の味が濃くなった。無意識に唇を噛みしめてしまったらしい。

「僕と彩津さんは和解に向けて穏便に話を進めようとした。だが彼女はそれを拒んだ。そしてあの不幸な事故に繋がった」

「あれが事故……？」

舞を殴りつける彩津の顔には、明確な殺意が滲《にじ》んでいた。あれが事故であるはずがない。

「事故さ。彼女が殺されたという証拠はどこにある？」

「でも私は視ました……！」

「そう、きみは『視た』だけだ」

千里は弾かれるように烏島を見た。その表情には、余裕さえ感じ取れる。

「明確な証拠もなく、咲楽舞の死体もない状態で、果たして彩津さんを罪に問えるかな？」

烏島は靴を棚に戻すと、千里にゆっくりと歩み寄り、微笑んだ。

『知ってるか？　烏島に近づきすぎた人間はみんなとんでもない目に遭ってるって』

宗介が言っていた。

『人の不幸を養分にして生きてるの。普通の人間の手には負えない。特にあなたのような子にはね』

烏島の古いなじみである鳩子から受けた忠告が、今になって千里の耳に蘇る。

烏島は両親にさえ否定され続けていた千里の能力を認め、受け入れてくれたはじめての人間だった。烏島の特殊な価値観や考え方には理解できないことも多かったが、彩津のような人間に肩入れすることだけはないと思っていた。なにがあっても烏島だけは信じられる——そう思っていた自分の心が、当の烏島によって打ち砕かれる。

これまで千里は『力』を使い、自分なりの正義を貫いたせいで、居場所を失ってきた。質屋はようやく見つけた千里の居場所だった。だから、できる限り烏島のそばにいたい、役に立ちたいと思っていた。

この大事な居場所を失わないためには、追及せず、何事もなかったように過ごすのがきっと賢いのだろう。烏島もそれを望んでいる。

だが千里はどうしても、視て見ぬふりはできなかった。

「――私、質屋《ここ》を辞めます」

千里の宣言に、烏島は顔色ひとつ変えなかった。

鬼は内、福は外

千里は洗面台の鏡に映る自分を見つめ、大きなため息をついた。

「……思ったよりひどいなあ」

彩津に杖で殴られた左頬は変色していた。幸いなことに、腫れはそれほどでもない。千里は顔を洗うと、痣《あざ》が隠れる大きさに切った湿布を頬に貼りつけた。痣が隠れると、気になるのは目の隈だ。

昨夜はなかなか寝付けず、睡魔が訪れたのは朝方だった。目が覚めたのは、夕方だ。時計を見たとき「遅刻だ」と焦ったが、すぐに思い出した——昨日、仕事を辞めたことを。

千里はパジャマ代わりにしているジャージを脱ぎ、スーツを手に取った。しかし大鷹から「勧誘だと思った」と言われたことを思い出し、押し入れに戻す。千里はセーターとジーンズに着替え、駅に向かった。

乗ったのは、普段使わない線の電車だ。夕方の帰宅ラッシュで電車内は混んでいた。千里は吊革に摑まり、窓の外を流れる街の景色を眺めながら、自分がこれからすべきことを考えていた。

昨日、烏島を問い詰めたときは頭に血がのぼっていたが、一晩おくと少し冷静になれた。

彩津が舞を建物から突き落としたのは間違いない。烏島がその髪を切り落としたのも。だがその後、舞がどうなったのかはわかっていない。烏島の言うとおり、死体は見つかっていないのだ。

これまで千里は『力』で視た映像に頼りすぎ、思い込みで大きな認識違いをしてしまうことが何度もあった。千里が視ているのは『事実』だが、『真実』ではない。

舞が死んだという確証はない。どこかで生きている可能性はゼロではないということだ。もし生きているとしたらどこに逃げ込むか——思い当たる場所はひとつしかなかった。

千里は電車を降り、調べた住所をもとに、閑静な住宅街を歩いた。

街灯に照らされているのは、黒い外壁のモダンな家だ。門まわりの壁に絵画教室の看板と『咲楽』という表札が出ていることを確認し、インターホンを押した。

緊張しながらしばらく待っていると、玄関のドアが開いた。

「どなた？」

顔を出したのは、眼鏡をかけた年配の女性だった。白髪の短い髪を横に流し、柄物のワンピースに水色のエプロンをつけている。

「突然すみません。私、舞さんと高校のとき同級生だった者なんですが……」

千里が言うと、女は「まあ、舞の？」と驚いたような顔をした。

「すみません、舞さんの御親族ですか？」

「あぁ、舞の祖母です」

舞は父親とふたり暮らしだと思っていたので、祖母がいたことに驚いた。

「あの、舞になにか？」

「ちょっと用があって。舞さんに会いたいんですけど、いらっしゃいますか？」

千里が訊くと、舞の祖母は困ったような顔をした。

「申し訳ないけど、あの子は高校を卒業してすぐ家を出たからここにはいないのよ」

高校を卒業してすぐ、ということは四年前だ。千里は舞がずいぶん前に家を出ていたことに驚いた。

「居場所はわかりますか？」

「わからないの」

「連絡先は……」

「家を出たきり、とれないのよ」

祖母は頬に手を当て「困った子でしょう」とため息をつく。連絡先を知らないという言葉に嘘はない気がした。この様子だと、舞が結婚したことも知らなさそうだ。

「……そうですか、ありがとうございました」

あれこれ訊くと不審に思われるかもしれない。礼を言って立ち去ろうとした千里の腕を、舞の祖母が引っ張った。

「もしあなたが舞ちゃんと会うことがあったら、伝えておいてくれないかしら」

「なにをですか？」

「早く家に戻るようにって。私ももう年だから、息子の面倒見るのも大変なのよ」

息子とは舞の父親のことだろうか。しかし舞の父親は電話で『あれはうちの娘ではない』と勘当同然の発言をしていた。母子の主張は正反対だ。

「舞さんのお父さん、どこか悪いんですか？」

「いいえ、どこも悪くないわよ」

不思議そうに首を傾げる祖母に、千里も心の中で首を傾げる。面倒を見る必要があるということは、日常生活に支障をきたす病気か怪我をしているのかと思ったのだが。

「あの、舞さんに戻ってほしいなら、捜索願を出すのが早いと思うんですけど」

「そんな大げさなもの……もしご近所に知られたら恥ずかしいわ」

　早く戻れと言うくせに、捜索願は恥ずかしいので出さない――矛盾している。普通、戻ってほしいなら、世間体など気にせず必死に捜すものではないだろうか。千里が困惑していると、玄関のドアが開いた。

「おい母さん、箸がないぞ」

　家の奥から顔を出したのは、中年の男だった。短髪の黒髪に神経質そうな顔。そして銀縁の眼鏡。舞の祖母を「母さん」と呼んでいることから、舞の父親だとわかった。舞は入院していると言っていたが、やはり嘘だったようだ。

「あらあら、持っていかなかったかしら」

「ない。箸ナシでどうやってメシを食えばいいんだよ」

　舞の父親は不機嫌そうに言う。箸がないとわざわざ言いにくるよりも、自分で用意するほうが早いのではと、思わず口を出したくなった。

「ごめんなさい、すぐに持っていくわね」

　まるで小さな子供をなだめるような舞の祖母の口調に、千里は面食らった。父親は「早くしてくれよ」ともう一度急《せ》かし、奥に引っ込んだ。

　祖母は千里に「ごめんなさいね」と小声で謝り、家の中に入ってしまった。

舞は四年も前に家を出ていた。そして家を出て以来、一度も連絡をとっていない。家族は舞の近況も知らず、捜そうともしていない。千里が見る限り、心配している様子もなかった。

千里は温かい明かりのともる、立派な家を見上げた。

いくら幸せそうに見えても、家の中でなにが起こっているかは他人にはわからないのだ——千里の家も、そうだったように。

もし舞が生きていても、ここには帰ってこないだろう——千里は確信した。

＊＊＊

舞の実家から自分のアパートに戻ると、外は真っ暗になっていた。

求人サイトを見て仕事を探そうと思っていたのだが、その気力もない。特になにもしていないのに、ひどく疲れていた。

今日だけは自分を甘やかそう——ジャージに着替え、炬燵に潜り込もうとしたとき、インターホンが鳴った。

千里はしぶしぶ炬燵を出て、玄関へ向かった。ドアスコープがないので、誰が来たのかはわからない。

「どちらさまですか？」

「俺だ」

千里はその声を聞いて、ギクリとした。

「そ……宗介さん？」

一昨日、同窓会の帰りに家まで送ってもらったばかりだが、なにかあったのだろうか？

「なにか御用ですか？」

「烏島のところに行ったら、おまえがいなかったんで寄ったんだ」

タイミングの悪さに千里は頭を抱えた。今、宗介にこの顔を見られれば、絶対に原因を問い詰められるだろう。

「……すみません。今ちょっと取り込んでるので、今度にしてもらっていいですか？」

「……誰か来てるのか？」

宗介の声がぐんと低くなる。

「い、いえ、そういうわけじゃなく……ちょっと風邪を引いてしまって、うつしたら悪いので！」

「そうか」

納得してくれたような返答に、千里はほっとした。

「じゃあカサネから預かりものがあるから、それだけ受け取ってくれ」

「……ドアの前に置いてもらうわけには」

「食いもんなんで下に置きたくないんだよ。少しドアを開けてくれたら、そこから渡す」

千里は迷った末、ドアを細く開けた。そこから手を出すと、千里の手首をガシリと冷たい手が掴んだ。千里はハッとしてドアを閉めようとする。だがそれを防ぐように宗介の革靴がドアの隙間に入り込んできた。前にもたしかこんなことがあったなと思ったときには、ドアは完全に開かれていた。

「——その顔はどうした」

制服姿の宗介が、いつになく恐ろしい形相でそう言った。

「こ、これはちょっと転んで怪我を……あっ」

宗介が千里の頬から無理矢理湿布をはがした。その下にある痣を見たのか、宗介の目がカッと見開かれる。

「殴られた痕だろ、これ」

「ち、違います」

千里が首を横に振ると、宗介はスッと目を細めた。

「病院に行くぞ。あと誰がやったか教えろ」

「宗介さん、本当に大丈夫ですから！」

事を大きくされては困るのだ。拒否する千里の腕を、宗介が引っ張る。

「来い」

「い、や、で、す！」

「頑固かよ！」

「宗介さんほどじゃないですよ！」

外に引きずりだされそうになった千里は、必死に抵抗する。狭い玄関でもみ合っているうちに、置いてあった靴に足をとられ、千里は大きくバランスを崩した。

「わっ」

「千里！」

大きな音を立て、千里は宗介もろともうしろにひっくり返った。

「いたたたた……」

「悪い、大丈夫か」

頭の下に宗介がとっさに手を挟み込んでくれたおかげで、頭は打たなかった。

「大丈夫です。宗介さんは？」

「俺も大丈――」

　ふと言葉が途切れた。

「宗介さん？」

　顔を上げると、千里の上に覆いかぶさるような体勢になっていた宗介がこちらを見つめ、石のように固まっていた。千里は不思議に思いながら首を傾げる。やはりどこか打ったのだろうか。

「あらあらあらあら、騒がしいと思ったら」

　しばらくそのまま見つめあっていると、女性の声が割り込んできた。

「目黒さんに七杜さん。だめよ、そういうことはドアを閉めてしなくちゃ」

　千里が目をやると、開いたドアの向こうで大家の唐丸《とうまる》がにこにこ笑いながらこちらを見つめていた。

＊　＊　＊

「……あのばあさん、想像力が豊かだな」

湿布の保護シートをはがしながら、宗介が疲れた顔で呟いた。

「……メロドラマが大好きなんです」

おすそわけのみかんを持ってきてくれた唐丸の趣味は、昼メロドラマの鑑賞だ。千里と宗介の騒動を痴情のもつれと勘違いし、その誤解を解くのにかなりの時間を要した。

千里の顔の痣のせいで、宗介にあらぬ疑いがかかったためだ。

少し前のことだが千里の郵便受けにゴミなどを投げ込まれる悪戯《いたずら》が頻発し、それを知った宗介がアパートに防犯カメラを取り付けたことがきっかけで、唐丸は宗介と面識があった。そのおかげか暴力を振るったという疑いはすぐ解けたのだが、男女方面の疑いがなかなか解けなかった。「いつからお付き合いしているの？」や「出会ったきっかけは？」と質問攻めにされ、千里はほとほと困ってしまった。いくら大人っぽく見えても、宗介はまだ高校生である。そんな子供相手にありえない話だ。

「おい、横を向け」

「はい……」

頬にぺたりと湿布が貼り付けられる。ヒヤリとした感触に、千里は顔を顰めた。

「病院に行かなくて本当に大丈夫なのか？」

「昨日、しっかり冷やしました。大丈夫です」

宗介は「そうか」と千里の頬から手を離し、炬燵の上に紙袋を置いた。

「なんですか、それ？」

「カサネから預かってきた菓子だ」

紙袋の中には、焼き菓子がたくさん入っていた。カサネとは宗介の屋敷に勤める使用人頭である。以前、千里が潜入捜査でお世話になってから、親交があった。

「おいしそうですね」

「手作りだからな」

汀もここに来るときは、千里の侘《わび》しい食生活を心配してか、いろいろと（主に食料を）持ってきてくれる。以前にも思ったが、やはり兄妹、やることが似ているなと千里は感心した。

「お茶淹れましょうか」

「俺がやる」

宗介は慣れた様子で台所の棚に置かれたほうじ茶の茶筒を手に取った。これまで何度も宗介にお茶を淹れていたので、見て覚えたのだろう。

「このティーカップ、どうしたんだ？」

宗介の視線は、百円均一で買った食器が並ぶ中で異彩を放っている豪華なティーセットに向けられていた。

「汀さんが置いていったんです。うちに来たとき使うからって」

「まったくあいつは……」

宗介はブツブツ言いながら、湯を注いだ急須とマグカップをお盆に載せて戻ってきた。宗介のマグカップは、宗介自身が買って持ち込んだものだ。

宗介が淹れてくれた茶は少し濃かった。だが、人が淹れてくれるお茶ほどおいしいものはない。口の中の傷が少ししみるが、胃の中に温かいものが流れ込んでくるとほっとした。

「で、誰にやられた」

自分で淹れた茶をすすっていた宗介が、千里に訊いてきた。

「その話、まだ終わってなかったんですか……」

「烏島となにかあったのか」

千里はハッと息をのんだ。宗介にはそれだけで十分だったらしい。いきなり立ち上がった宗介の足に、千里は慌ててしがみついた。

「待ってください、どこ行くんですか！」

「烏島のところだ」

「やめてください！　本当に頬の怪我は烏島さんとはなんの関係もないんですってば！」

「じゃあ誰だ」

千里はうっと言葉に詰まった。

「ちょっといろいろあって……それに質屋は辞めたので、もういいんです」

千里が言うと、宗介は驚いた顔をした。

「辞めた？　なんでだよ」

「ええと……価値観の違い？」

「そんなもの、はじめからわかってたことだろ。おまえの手に負える男じゃないって」

宗介はため息をつき、千里の前に座り込む。視線が合い、千里は目を伏せた。

「……わかっててても信じたくないことってあるじゃないですか」

「だから辞めたのか」

「視て見ぬふりしなかった結果なんです」

千里は正義感に溢れた人間ではない。友情に厚いわけでもない。舞より烏島のほうが大切な存在だ。けれど烏島のどんなことも見過ごせるほど、従順にはなれなかった。

「後悔してんのか」

千里は首を横に振る。烏島の下では働けないと思ったのは、本当だ。自分の判断が間違っているとは思わない。

「でも、やっぱり、かなしく、て……」

涙がこぼれそうになるのを必死でこらえていると、身体が温かいものに包まれた。

「泣けよ」

顔に押し付けられた胸から、宗介の声が響く。千里はここではじめて、宗介に抱きしめられていることに気づいた。

「……前もこういうことありましたね」

「大泣きしてたな」

宗介と出会って間もない頃だった。ある人の死を目撃しショックを受けた千里は、ちょうど居合わせた宗介の前で泣いてしまったのだ。今思い出すだけでも恥ずかしい。

「なんだか宗介さんにはみっともないところばかり見せてる気がします」

「今さら取り繕う必要もないってことだ」

宗介の声は、いつになく優しい。千里は厚意に甘えたくなる自分を戒める。これは千里の問題だ。自分で乗り越えるしかない。

「……ありがとうございます。でも、大丈夫ですから」

千里は宗介の腕から抜け出ようとしたが、宗介は千里を抱きしめたまま動かなかった。宗介が千里に体重をかけてくる。千里はその力に押し負けて、畳の上に仰向けに倒れた。

「……宗介さん？」

千里を見下ろす宗介は、見たことのないような真剣な表情をしていた。千里は宗介の胸を押し返そうとしたが、ピクリとも動かない。宗介が千里の手を取り、畳の上に押し付ける。

「千里……」

低い声で名前を呼ばれ、ビクリと身体が跳ねる。千里の胸に湧き上がってきたのは、原因不明の焦りだ。この状態からすぐに抜け出さなければ。そう思うのに、身体が動かない。

「そ、宗介さん！」

距離が縮まってきて思わず千里が叫んだとき、ガチャリとドアが開く音がした。ハッとして玄関のほうを見ると、制服姿の汀が大きな目をさらに見開き、こちらを見ていた。

「ご、ごめんなさい。お邪魔してしまった？」

汀は千里と目が合うと、真っ赤な顔で謝罪した。

「汀さん、違うんです！　誤解です！」

千里はとっさに身体の上に覆いかぶさっている宗介を突き飛ばした。受け身がとれなかったのか、宗介が勢いよく畳に転がる。

「あっ！　宗介さん！　大丈夫ですか？」

「大丈夫ですかじゃねーよ！」

宗介は頭を手で押さえながら起き上がった。顔が赤い。相当怒っているようだ。千里のほうは、なんとも説明しがたい空気から解放され「助かった」という気持ちでいっぱいだった。

「おい汀、どうやって中に入ってきた？」

責めるような宗介の口調に、汀は肩をすくめる。

「ドアの鍵が開いていたから……千里さんの叫ぶ声が聞こえてきて、気になって」

宗介が千里を見た。

「千里、カギ締めてなかったのかよ」

「宗介さんが締めたんじゃないんですか？」

「おまえの家だろ！　不用心だぞ！」

「最後にドア閉めたのは宗介さんでしょ！」

言い合いを続けていると、汀がおずおずと口を開いた。

「あの……私、帰ったほうがいいかしら？」

「帰らないでください！」

千里は慌てて汀の下へ駆け寄ると、その手をとった。

「汀さん、宗介さんがお菓子を持ってきてくれたんです。一緒に食べませんか？」

「……いいの？」

汀は千里から宗介に視線を移す。畳の上で胡坐《あぐら》をかいていた宗介は、ふいと横を向いた。

「久しぶりにおまえが淹れた紅茶が飲みたい」

「そう……じゃあ淹れるわね」

嬉しそうに汀が笑う。

宗介と汀は、父親は同じだが母親が違う。諸事情で一緒に暮らしていないが、お互いを気遣っている『家族』だ。舞の実家に行き、良好とは言えなさそうな関係を目にした千里は、ふたりの関係に少し救われた気持ちになった。

千里が和んでいると、お茶の準備をしていた汀が思い出したように振り返った。

「お兄さま、千里さん。さっき誤解だって言ってたけど、なにがどう誤解なの？」

黄泉がえり

千里が質屋を辞めてから、一週間がたった。

烏島には辞表を郵送したが、連絡はない。烏島に借りているお金や携帯電話の問題もあるので、このまま会わないままというわけにもいかないだろう。その前に早急に次の仕事を見つけなければならない。貧乏暇なしだ。

千里はまだ少し痣の残っている頬を隠すために湿布を貼り、家を出た。向かったのは、図書館だ。仕事を辞めてから、職業安定所に行く前の習慣になっている。目的はただひとつ――新聞に舞に関する情報が載っていないか確認するためだ。

平日の朝の図書館は空いている。

千里は新聞を置いてあるコーナーに行き、朝刊をすべてチェックした。しかし、今日も舞らしき人物が被害に遭っているような事件の記事は載っていなかった。

舞の行方を捜すためにはこうして新聞を確認するよりも、彩津が突き落とした建物の場所を特定し、『視る』のが一番早いことはよくわかっていた。

それを躊躇わせているのは、烏島の存在だ。

もし舞の死体が発見されることになれば、烏島が彩津の共犯者として名前が挙がるのは間違いない。そのことが千里を踏みとどまらせている。

烏島が彩津にどこまで協力したのかはわからない。舞に直接手を下していないとしても、髪を切るという暴挙は、決して許せるものではなかった。しかしそれでも、烏島を断罪できない自分がいることを、千里は認めないわけにはいかない。

暗い気持ちになりながらも、千里は新聞の隅々まで目を通す。質屋で記事を整理するようになり、どんな些細な情報もいつ役に立つかわからないと知ったからだ。

社会面の片隅にある神除市のお悔み欄を見ていた千里は、そこに信じられない人物の名前を見つけ、目を見開いた。

＊　＊　＊

図書館を出た千里は、職業安定所ではなく、先日訪れたばかりの古い一軒家にやってきていた。

田畑の多い静かな町だが、前回とは違い、家の前には何台もの車がとまり、多くの人が出入りして、葬儀の準備をしていた。

「あの、すみません」

千里はちょうど家から出てきたエプロン姿の女性に声をかけた。

「……なにか？」

足を止めた女は、千里を見た。中年の、愛想の良さそうな女性だ。エプロンにコートなしという軽装から、おそらく近所の人間だろう。事情を聞くにはうってつけだ。遠くの親族よりも近所の人間のほうが、情報を持っていることが多い。

「新聞のお悔み欄を見たんです。彩津さんが亡くなったって本当ですか？」

「ええ、そうよ。あなた、ここのあたりの人ではないわよね。どちら様？」

「親が彩津さんの知り合いなんです。昔ちょっとお世話になって」

千里が言うと、女は「そうなの」と納得したように頷いた。こういう適当な嘘がつけるようになったのは、果たして成長と言っていいのだろうか。千里は複雑な気持ちだ。

「彩津さん、まだお若いですよね。病気かなにかですか？」

女は周りを見回してから、「ここだけの話だけど」と千里に耳打ちしてきた。

「彩津さん、自殺だったのよ」

「自殺？」

千里は驚いた。

「そう。薬をたくさん飲んだみたい。昨日の朝、新聞配達の人が玄関の戸が開いてるのに気づいて中に入ったら、居間で亡くなっているのを見つけたって」

「……薬を」

「ええ。ここ最近は奇行が多かったのよ。玄関の戸を壊したり電話を畑に捨てたりね」

玄関の戸を壊したのは、千里が訪れたときのことだろう。電話を畑に捨てたというのは初耳だった。

「自殺した理由はわかってるんですか？」

「さあ。お金に困ってたとは聞いたことがあるけど」

千里は耳を疑った。

「彩津さんって資産家じゃないんですか？」

「彩津さんの父親がね。土地や貸家をたくさん持ってたんだけど、父親が早くに亡くなって母親が取り仕切るようになってから、どんどん売っちゃったのよ。資産家って言うほどお金はなかったみたいね」

飯野や吉田から資産家だと聞いていたが、実は家計は火の車だった？　舞は騙されたのだろうか？

「彩津さん自身もがめついっていうか、商売が下手でねえ。建物が古くなっても値下げしないから、不動産会社の人が貸しにくいって嘆いてたわ。街のほうに貸し店舗が一軒と、市外にマンションが一軒あるだけみたい。今はどっちも人が入ってないそうだけど」

女はそう言いながら、「そうそう」と手を叩いた。

「一緒に暮らしてた若い女に逃げられたとか、そういう噂もあったのよね」

若い女という言葉に脳裏を過ったのは、舞の顔だ。

「ま、そっちは本当かどうかわからないけどねえ」

「どういうことですか？」

「その若い女を見た人がほとんどいないのよねえ。たまに庭の洗濯物に女物の服が交ざってるのを見た人がいて、噂が広がったの」

千里は怪訝に思う。彩津は舞と結婚していたはずだ。誰にも紹介しなかったのだろうか。

「でも彩津さん、結婚してましたよね？」

「いーえ、彩津さんはずうっと独り身よ。親族がいないから、自治会の会長が喪主をつとめることになってるわ」

そのとき、家のほうから「中嶋《なかじま》さぁん」と呼ぶ声が聞こえてきた。女は「呼ばれてるから行くわね。お通夜は明後日の十八時だから」と千里に言い、急ぎ足で家の中に入っていった。

＊　＊　＊

日の高い時間に、この人形工房を訪れたのは、これがはじめてだった。

千里はドアノッカーの輪を握り締めた。

久しぶりに『力』を使う。だが、すぐに視えると思った映像は、なかなか千里の頭に流れ込んでこなかった。力の性能が落ちた——いや、以前の性能に戻っているのだ。

千里は庭の向こうに見える、工房の窓に目をやる。不審に思われたとしても、今日だけは確かめないわけにはいかない。千里は目を閉じ、集中する。すると数人の訪問者にまじり、ひどくやつれた表情をした彩津の姿が視えた。顔や着物は、泥で汚れている。まるで泥遊びをした子供のようだ。

千里はドアノッカーから手を離し、目を開けた。

——やっぱり彩津は、ここに来ていた。

近所の人の話によると、彩津は最近奇行が目立っていたという。千里が彩津に会いに行ったときも、様子がおかしかった。大鷹に相談しに来ているのではないかと思ったが、案の定だ。

「よう、お嬢ちゃん。久しぶりだな」

ドアノッカーを二度鳴らすと、大鷹はいつもどおりぼさぼさの頭で千里を迎えた。老眼鏡だという眼鏡をずらし、千里の顔を凝視する。

「その頰はどうした？」

「ちょっと転んじゃって」

千里が笑って誤魔化そうとすると、大鷹がすいと腕を伸ばし湿布をはがした。

「これはどう見たって、転んだっていうより殴られたって感じだけどなぁ？」

ニヤリと笑う大鷹に、千里はとっさに左頰を押さえた。

「……そんなこと、見てわかるんですか」

「怪我の状態というよりは、お嬢ちゃんの態度でな。ちょっと触るぞ」

大鷹は指で確かめるように千里の頰に触れていく。距離の近さに少し驚いたが、大鷹の目は真剣そのものだった。千里は大鷹が人形師である前に医者だったことを思い出す。

「痣以外異常はねえなぁ。痛みはどうだ？」

「だいぶ良くなりました。押さえると少し痛いですけど」

「病院には行ったのか？」

「腫れはすぐに引いたので……」

「次にこういうことがあったら行ったほうがいいぞー。ひどいと痣が痕になって残ることもあるからな」

「次があったら困ります」

千里が頬を膨らませると、大鷹は「そりゃそうだな」と笑い、工房に戻っていく。千里はそのあとをついて行きながら、大鷹から殴られたことに関して詮索されなかったことにほっとしていた。

「今日は仕事は休みか？」

「……はい」

質屋を辞めたことは、話さなかった。大鷹は工房の奥にある両開きの棚を開ける。中にはたくさんの薬が並んでいた。そこから取り出した銀色のパッケージを千里に渡す。

「この湿布、お嬢ちゃんにやるよ。薄いし肌色だから目立たないぞ」

「あ……ありがとうございます」

千里はありがたく受け取る。仕事の面接に行くときに役立ちそうだ。

「お茶、淹れましょうか？」

「いや、俺はいい。お嬢ちゃん、自分のぶんだけ淹れな」

作業台には緑茶が入った湯呑が載っている。千里は大鷹の言葉に甘えて、自分のためにハーブティーを淹れた。正直なところ、このお茶が飲みたくてたまらなかったのだ。甘くさわやかな香りは千里を落ち着かせ、飲むと思考が冴える気がする。

「なにをしてるんですか？」

ティーカップを持って作業台に近づくと、大鷹は椅子に座り、写真を眺めていた。

「モデルの写真をチェックしてるんだ」

千里は作業台に並べてあった写真を見て、息をのんだ。

「どうかしたか？」

千里の異変に気づいたのか、大鷹が怪訝な顔をする。

「……その写真の女性、私の高校時代の同級生なんです」

作業台の上に置かれた数枚の写真——そこにはウエディングドレスを着た舞が写っていた。千里は彩津の家で見たアルバムに不自然にスペースがあいていた理由を、ようやく今、理解した。

「お嬢ちゃんの？　……あー、だから彩津のジイさんのことを知ってたのか」

大鷹は納得したように頷いた。

「お嬢ちゃんと同じ年ってことは、ずいぶん若くして死んじまったんだな」

「……彩津さんは彼女の死因についてなにか言ってましたか？」

「事故でと言ってたが、詳しい話は聞いてねえなあ」

千里は舞の顔を殴りつける彩津を思い出し、知らず顔を顰めた。自殺したのは、自業自得ではないかとさえ思う。

「この子が死んだことがなにか問題なのか？」

「彩津さん、亡くなったんです」

煙草を咥えようとしていた大鷹が、千里を見る。

「いつだ？」

「昨日の朝、自殺してるのが見つかったそうです」

大鷹は「そうか」と呟くと、煙草に火をつけ煙を深く吸い込んだ。

「彩津さん、最近、ここに来ましたか」

「なんで知ってる？」

視た、とは言えない。

「近所の人が、最近彩津さんの様子がおかしいって言ってたんです。大鷹さんには相談しに来たんじゃないかと思って……」

大鷹は千里の顔をしばらくじっと見つめてから、口を開いた。

「一昨日だったか、泥だらけでうちに駆け込んできてなあ。『死人から電話がかかってくる』、『死人が蘇った』とわめいて、手が付けられなかった」

「死人……？」

そういえば千里が家に行ったとき、彩津は電話にひどく怯えていた。ここで死人とくれば、舞以外には考えられない。殺したはずの舞から電話がかかってきて、怯えていたのだろうか。

「死人って誰のことか言っていましたか？」

「いいや、詳しい話を聞こうにも口を割らなくてなあ。ひとまず落ち着かせて帰らせたんだが」

彩津が発見されたのは昨日の朝だという。ということは、

「ところで彩津のジイさん、どうやって自殺したんだ？」

「薬をたくさん飲んだそうです」

千里が言うと大鷹は煙草の灰を灰皿に落としながら、宙を見上げた。

「母親に処方されてた薬を飲んじまったのかねえ」

「母親？」

千里は首を傾げた。

「彩津のジイさんの母親がな、俺の知り合いの病院にうつ病の治療で通ってたんだ。その医者の紹介でジイさんの相談にのるようになった」

「……お母さんではなく、彩津さんの？」

大鷹は頷いた。

「彩津の母親は過保護でなあ、息子を溺愛してたんだ。子供のときから母親にすべてを管理されて、許可がなけりゃなにもできなかった。その結果、彩津のジイさんは還暦近くまで独り身だ。支配的な母親から解放されたいと相談されてな」

「それは……すごいですね」

「重すぎる母の愛は一種の呪いのようなもんだからな」

以前、大鷹に言われた言葉が耳に蘇る。

「愛と憎しみは紙一重……ですか？」

「おう、それだ、それ」

大鷹は満足そうに微笑む。

「ジイさんのほうも母親にかなり依存してたからな。まあ、そういうふうに育てられたんで仕方ないかもしれんが。なかなか離れられずに悩んでた」

「依存してるのに離れたいって、矛盾してませんか？」

「そうでもないさ。母親という存在は欲しいが、自分の気に入らないことはしてほしくないって話だ」

それはまさに『人形』にうってつけの役割だ。

「それで彩津さんは大鷹さんの人形セラピーを受けたんですか？」

「そうだ。残念ながら、人形は失くしちまったけどな」

やはり舞が持っていたのは、彩津の母親をモデルにした人形だったようだ。

「彩津さんのお母さんは病気で亡くなったんですか？」

「いいや、事故だ。用水路に落ちたらしくてなぁ。高齢だったんで足を滑らせたとか言ってたが」

足を滑らせた——本当だろうか？　舞の件があるので、どうしても疑ってしまう。

「あれ……？」

千里はふと、大鷹の話にひっかかるものを感じた。

「どうした？」

「あ、いえ。なんでもありません」

違和感の正体を突き止められないまま、千里は首を横に振る。

「そういえば、彩津さんに新しく依頼された人形はどうするんですか？」

千里は気になっていたことを尋ねた。

「——創る」

大鷹の返事に、千里は驚く。

「彩津さんは亡くなったのに？」

「金は振り込まれてるし、材料もそろってる。客の遺志を継ぐってわけでもないが」

彩津はいなくなった。それなのに、彩津のエゴは遺るのだ——舞の人形というかたちとして。死んでからも舞が辱められているような気がした。創るのをやめてほしい。だが、言い出せない。大鷹にとってこれは『仕事』だからだ。

「創った人形はどうするんですか？」

「うちに飾る。客が亡くなれば、人形は俺のものになるからな」

大鷹はそう言って、舞の写真を憐れむような目で見つめた。

「完成した人形を見ることなく、あの世に行っちまって。彩津のジイさんも馬鹿なことをしたもんだ」

＊　＊　＊

大鷹の店から自分のアパートに戻った千里は電気もつけず、コートを着たまま畳の上に座っていた。

彩津の近所の人の話と大鷹から聞いた話を、もう一度頭の中で整理する。

死人が蘇ったと、彩津は大鷹に言ったという。死人とは舞のことだろう。自分が殺したという自責の念に駆られ、幽霊でも見たのだろうか？　しかし千里の中には、もうひとつの可能性が頭をもたげていた。

――もしかしたら、咲楽さんは生きている？

大鷹の下に髪を持ち込んだときの彩津の表情は明るかった。その後、千里が会いに行ったときには少し様子がおかしくなっていた。だが、幻想を見るほど精神的に追い詰められているようには見えなかった。

舞を見つけさえすれば、真相がわかる。

千里は深呼吸し、目を閉じた。一度視た映像をもう一度頭の中に再現させ、精査することは、かなりの集中力を要する。だが今日はなぜか、不思議と頭が冴えていた。

舞を殴りつける彩津の姿。抵抗できず殴られる舞。ふたりから視線を逸らし、千里はその背後に目をやる。

月が明るいおかげで、周りの様子はよく視えた。住宅はほとんどなく、うら寂しい野山が広がっている。遠くに工場のような建物もあった。さらに意識を集中させ、今度は建物の周辺に注意を向ける。錆びたフェンスに取り囲まれた敷地は荒れていた。長いあいだ、手入れされていないのだろう庭木は伸び放題で、雑草も生えている。

場所を特定できるものが他になにかないかと目を凝らしていると、フェンスの近くに入居者募集の錆びた看板が落ちている。そこには不動産屋の名前と電話番号、そしてマンションの名前が書かれていた。

近所の女性が言っていた言葉が蘇る。

『今は街のほうに貸し店舗が一軒と、市外にマンションが一軒あるだけみたい。どっちも人が入ってないそうだけど』

＊　＊　＊

「――このあたりは、なにもないんですね」

車窓に流れる風景を見ながら千里が言うと、タクシーの運転手がミラー越しに千里を見ながら頷いた。

「十年くらい前に工場が閉鎖してからは寂れてしまってねえ」

千里が探していたマンションは、神除市外の田舎町にあった。最寄りの駅からは徒歩二十分。日が暮れていることもあり、千里はタクシーを使うことにした。無職の財布には痛い出費だが、仕方ない。

外灯はほとんどないが、月が明るいので視界は良好だ。道は綺麗に整備されているけれども、車はほとんど通らない。途中、潰れたスーパーの跡地と空き家を見かけた。運転手の言うとおり、寂れている。

しばらく走っていると、左手に鉄筋の建物がちらりと見えた。地図を確認してから、千里は運転手に声をかけた。

「すみません、止めてください」

細い道に入る手前で、千里は運転手に声をかけた。

「えっ、ここでいいの？　なにもないよ」

「はい」

マンションの前まで乗りつける気はなかった。これからどこでなにをするか、誰にも知られたくなかったからだ。千里は金を払い、車を降りる。冷たい風が吹きつけてきて、千里は思わず身を縮こまらせた。

「待ってようか？」

「ありがとうございます。でも大丈夫です」

運転手は怪訝な顔をしながらも、千里に「なにかあったら呼んで」と名刺を渡した。

車が走り去るのを見届けてから、千里は細い道を歩きはじめた。

車が一台通れるくらいの幅の道は、緩い上り坂になっている。道の脇には木々が立ち並びひと気がない。よく見ると、木の枝になにかがとまっている——カラスだ。そういえばカラスは夜になると森に戻って眠るとどこかで読んだ。それを見ていると、薄暗い夜道も不思議と心細さを感じなかった。

しばらくすると視界が開け、四階建ての鉄筋の建物が現れた。

家は人が住まないとすぐにだめになる、と大家の唐丸がいつか言っていた。おそらくこのマンションも人が住まなくなり、廃墟のように荒れてしまったのだろう。赤褐色のタイルは剝がれ落ち、むき出しになったコンクリートはひび割れている。部屋の窓ガラスは土埃で曇っていた。木の板で塞がれている部屋もある。建てた当初は立派だったのだろうが、今は見る影もない。

千里はバッグの中から懐中電灯を取り出し、マンションの敷地内に入った。階段はすぐに見つかった。コンクリートを突き破るように雑草が生え、蜘蛛《くも》の巣が張っている。

千里は埃くさいマンションの階段を、足元を照らしながらゆっくりとのぼった。

屋上に出るドアには、鍵がかかっていなかった。手でドアノブに触れると、映像はすぐに視えた。彩津と舞の姿。ふたりがもみ合ったのは、このマンションで間違いない。

千里はドアノブから離した手をじっと見つめた。今日、大鷹の店を訪ねたときには力を使うのに時間がかかっていたのに、不思議だ。

ドアを開けると、屋上に出た。古い貯水タンクがある他には、なにもない。周りを見回すと、閉鎖されたという工場の建物が見える。千里が視た映像と、風景は完全に一致した。

なにも遮るものがない屋上は、風が強く吹き付けてくる。千里は手すりに摑まり、下をのぞき込んだ。四階建てなので、かなりの高さがある。舞がここから落ちたと思うと、ぞっとした。

ここから彩津に落とされた舞は、烏島に髪を切られた。それからどうなったのか――そのとき、千里は敷地内に雑草や枯草に覆われていない場所があることに気づいた。

千里はハッとして、階段を駆け下りた。

雑草の生えていないスペースは、人ひとりが横たわれるくらいの大きさだった。最近掘り返したのか、手で土に触れると柔らかい。周りを見回すと、すぐそばにショベルがあった。嫌な予感を覚えながら、千里はショベルを拾い上げる。映像は苦労することなくすぐに視えた。

頭の中に流れ込んできたのは、汗を流しながら必死にショベルを動かしている彩津の姿だった。

一昨日、彩津は泥だらけで大鷹の店に行き「死人が蘇った」と言ったという。彩津は舞が死んでいるか確認するためにこの穴を掘り起こしたのではないだろうか？

千里はショベルを持ち、彩津と同じように土を掘り返す。指の先が冷え切って、なかなか力が入らない。なんとか五十センチほど掘り進めたとき、ショベルの先がなにかに当たった。

土の中から見えたのは、グレーのパーカの生地だった。

千里はショベルを放り投げ、両手で土を掘り起こす。グレーのパーカだけではなく、ジーンズの生地やマフラーも見える――これらは彩津に突き落とされたとき、舞が着ていた服だ。

――舞はここに、埋められていた。

千里が手を止め、地面に座り込んだときだった。

「――目黒さん？」

聞き覚えのある声に名前を呼ばれ、千里は全身を強張らせた。千里の聞き間違いでなければ、聞こえるはずのない人間の声だ。

おそるおそるうしろを振り帰ると、闇にとけるような黒いコートを着た女が立っていた。ニットの帽子を目深にかぶり、こちらを見つめている。腕に抱いているのは古めかしいワンピースを着た人形だった。女の顔にも人形の顔にも、同じようなそばかすがある。

「咲楽さん……？」

信じられない気持ちで名前を呼ぶと、女は「うん」と頷いた。

「幽霊……？」

「どうして」

「だって咲楽さん、屋上から突き落とされて……」

千里が言うと、舞は少し驚いたように目を見開き、それからくすりと笑った。

「私、蘇ったんだ」

千里は舞が待たせていたタクシーに乗り、駅の近くにあるカフェに入った。

千里が泥だらけの手をトイレで洗い席に戻ると、舞はかぶっていたニット帽を脱いでいた。

「咲楽さん、その髪……」

舞の髪は、かなり短くなっていた。襟足などは男のように刈り上げられている。

「全体のバランス考えたらこうするしかなかったんだよね」

舞は困ったように、刈り上げられた襟足を撫でる。烏島に髪を切り落とされていたのは知っていたが、やはりショックだった。

「目黒さんもその頬、どうしたの？」

舞が湿布を貼った千里の頬を指さす。彩津のことを話すかどうか迷い、ややこしくなりそうなのでやめた。

「私もちょっと、いろいろあって」

「……そっか。生きてるといろいろあるよね」

店員がホットコーヒーを運んできた。カップを持つと、冷え切った手がじんわりと温まる。千里と舞はしばらく無言で熱いコーヒーを飲んだ。

「目黒さんはあそこでなにをしてたの？」

「咲楽さんを捜してた」

「烏島さんからなにか聞いた？」

舞の口から烏島の名前が出てきたことに、千里は驚く。

「烏島さんは関係ないよ。どうして？」

「だって、目黒さんが私を探す理由がないじゃん」

言われてみれば、たしかにそうだ。

「ええと、放っておけなかったって言ったら、咲楽さんは信じる？」

「信じない」

真顔できっぱり言い切られ、千里は苦笑する。舞に便宜をはかるよう頼まれたとき、断ったのは千里だ。信じられなくて当然だろう。

「信じられないかもしれないけど……咲楽さんと別れたあと、どうしても気になって。追いつめられてるときって、悪い判断をしてしまうものだから」

「悪い判断ね……たしかに何度もしたわ」

舞はそう言って、コーヒーをすする。

「咲楽さんは、どうしてあのマンションに？」

舞はカップを置き、ちらりと千里を見た。

「目黒さん、私がなにしてたか見たでしょ」

「……見たけど」

衝撃の再会のあと、舞は千里が掘り返していた穴に彩津の人形を入れ、埋めたのだ。

「あそこに埋められるはずだった『咲楽舞の死体』として、あの人形を葬ったの」

「埋められるはずだった……？」

千里が目を見開くと、舞は頷いた。

「目黒さん、私があそこの屋上から突き落とされたこと、どうして知ったの」

「彩津——咲楽さんの旦那さんに会って」

千里が言うと、舞は目を見開いた。

「彩津と会ったの？」

「うん。同窓会で、咲楽さんが結婚したって聞いたから」

「……マジで私のこと捜してたんだ」

舞は感心と呆れが交じったような声で呟いた。

「それで、彩津が喋ったの？」

「うん。そんな感じ、かな……？」

力を使って『視た』とは説明できない。死人に口なしだ。これくらいの嘘は許されるだろうと思った。

「まさかその頬の傷、彩津にやられた？」

今度は千里が驚く番だった。

「どうしてわかるの？」

「わかるよ。私も日常的に彩津に杖で叩かれてたから」

日常的に──千里はゾッとした。

「どうしてそんな男と結婚したの？」

「お金を持ってて、優しかったから──一緒に暮らすまでは、だけど」

そう言って、舞は遠い目をした。

「うちさあ、父親が亭主関白だったんだよね。靴下さえ自分で履かない。お母さんにやらせてたの。まるで召使みたいだった」

千里は「箸を持ってこい」と舞の祖母に怒っていた舞の父親を思い出した。

「でもお母さんが死んだら、父親の世話は私の役目になった」

「世話って……お母さん亡くなったのって咲楽さんが小学生のときだったよね？」

「うん、だから大変でさ。おばあちゃんに無理矢理掃除や洗濯、お父さん好みのご飯つくる練習させられて」

千里は驚いた。

「おばあちゃんに？」

「そう。うちの父親を溺愛してなにもしない男にした元凶。『舞ちゃんは女の子なんだから、これからパパの面倒はあなたがちゃんと見てあげるのよ』って」

舞の祖母は、舞に家に戻ってくるよう、言っていた。それはまた、舞に父親の面倒を見させるためだったのだろうか？

「中学校のときには上手く家事をこなせるようになってたんだけど、お父さんには文句ばっかり言われてた。友達とも遊べなくて、父親の面倒見て……ずっとこんな生活が続くと思うと耐えられなくて、高校卒業と同時に家を出たんだ」

学校ではいつも明るかった舞が、裏でそんな苦労をしているとは夢にも思わなかった。

「でも高卒じゃ就職なかなか難しくてさ。寮のある工場の契約社員として働いてたんだけど、給料安くて。やっと父親から解放されて好きなことできるって思ったのに、お金がないからなんにもできないの。だったらお金持ってる人と結婚すれば働かずに好きなことできるじゃんと思って、結婚相談所に登録したんだ」

「そこで出会ったのが……彩津なんだよね」

舞は頷いた。

「優しくて、好きなもの買ってくれて、甘やかしてくれた。こんなお父さんだったらよかったなって。でも一緒に暮らしはじめたら、豹変した」

「豹変？」

「彩津はね、私を『ママ』にしたかったんだよ」

千里はその言葉を理解することができなかった。

「マザコンなんだよ、彩津。結婚相談所に登録したのは、母親が死んだから。結婚相手じゃなく自分をお世話してくれる『ママ』を探すため。そこで母親の若い頃に似てた私がひっかかったってわけ」

舞が時代にそぐわない古めかしいワンピースを着ていた理由が、ようやくわかった。

「いざ一緒に暮らしてみたら、家事だけじゃなく、子供返りしたジジイの面倒まで見なきゃいけなかった。なにをするにも彩津の許可が必要で、ぜんぜん自由がない生活が二年も続いたんだ」

淡々と語る舞の言葉に、千里は背筋が凍るような気持ちになった。舞が強制されていた自由のない生活は、彩津が母親に強制されていた生活と似ている気がした。

「それで彩津の人形を盗んで逃げたの？」

「お金は彩津が管理してて、私はほとんど持たせてもらってなかった。おまえが稼いだ金じゃないだろうって……人形は他にお金にできるようなものが見当たらなかったから持ち出したんだけど、復讐する気持ちもあったかもしれない。彩津が大事にしてたから」

あの人形は、彩津の母親をモデルにしたものだ。彩津にとってはお金には代えられないものだっただろう。それを売ってお金にすることは、ある意味復讐だ。

「人形持って漫画喫茶転々としながら逃亡生活送ってたんだけど、お金が底をついてきたとき、烏島さんに居場所を突きとめられたんだよね」

「烏島さんに？」

舞は頷いた。

「正確には烏島さんの知り合いっていうガタイのいい女の人」

舞は静かな声で、その夜起こったことを語り始めた。

＊　＊　＊

漫画喫茶を出た舞は、行く当てもなくネオンが点灯しはじめた繁華街をフラフラと彷徨《さまよ》っていた。

逃亡生活をはじめてから漫画喫茶を転々としていたが、所持金が底をつきかけていた。バイトを探してみたものの、まとまったお金を日払いでくれるような仕事は見つからない。スポーツバッグの中に入っている人形は、未だお金には替えられず、言葉のとおり舞の『重荷』になっていた。

「ね、そこのお姉さん。ちょっと時間ありませんか？」

舞に近づいてきたのは、黒いスーツ姿の男だった。ブランドものらしい高級時計をつけ、明るく染めた髪はオールバックに整えられている。堅気のサラリーマンにはとても見えない。おそらくなにかの勧誘だろう。お金を持っていなさそうな自分に声をかけるとは見る目がないなと舞は思った。

「悪いけど時間もお金もないから」

そう言って通り過ぎようとした舞を、男は追いかけてきた。

「そう警戒しないで。お金がないなら仕事紹介できるよ」

舞はちらりと男を見た。目が合うと、愛想の良い笑顔が返ってくる。そういえば、人とまともに話をするのは久しぶりだった。

「……風俗関係の仕事はしないよ」

「風俗とかそんなんじゃないよー。キミ、モデルとか興味ないかなって思ってさ」

舞は足を止めた。

「モデル？」

「そうそう。知り合いのアパレル会社の社長がね、通販用の写真を撮るためにモデルになってくれる女の子探してるんだよ。お姉さん細いし、モデルにうってつけだと思うんだよね」

たしかに自分は痩せているほうだ。だが、経験のない人間にモデルが務まるのだろうか。

「……でも私、そういう経験ないんだけど」

「経験はいらないよー。通販サイトのモデルだし、そんな気負う仕事じゃないから。プロのメイクさんもつくし、ポーズはこっちで教えるからさ！」

舞の心は揺れた。服を着て、写真を撮られるだけならできるかもしれない。プロのメイクがつくというのも心惹かれる。

「すぐにお金が必要なら、社長にかけあって前金でもらえるようにするよ。どうかな？」

　男のその言葉が、舞の心にあった迷いを消した。

「本当に？　前金でもらえるの？」

「ほんとほんと。よかったらこれから食事でもしながら話しない？　条件に納得いかなかったら別に断ってくれてもいいからさ」

　このままフラフラ歩いていても仕事は見つかりそうにない。断るのは話を聞いてからでも遅くないだろうと舞は判断する。

「……話だけなら」

「よかった！　じゃあ行こうか！」

　男が舞の肩を抱き、歩きはじめる。馴れ馴れしく身体に触れられたことに舞は驚いた。

「ちょっと、馴れ馴れしく触らないでよ」

「肩抱かれたくらいで大げさだな～。そんなんだとモテないよ」

　男はへらへら笑うだけで、とりあわない。舞は男に肩を抱かれたまま、大通りから雑居ビルが立ち並ぶ路地へと強引に引き込まれる。助けを求めようと周りを見るが、ひと気がない。舞が恐怖と焦りを感じはじめたとき、前方から声がかかった。

「離してあげなさいよ」

声のした方を舞が見ると、背の高い女がこちらに近づいてくるところだった。タイトなレザーのパンツに高いヒールのロングブーツ、胸の谷間がくっきり見えるVカットのニットと毛皮のコート――一度見たら忘れられないくらいのインパクトがある美女だ。

「その子、嫌がってるじゃない。しつこい男は嫌われるわよ」

酒焼けでもしているのか、女の声は低い。

「うっせえな、ババアがイキがってんじゃねーぞ。痛い目に遭いたくないなら大人しくそこをどきな」

前に立ちはだかる女に向かって男がすごむ。女はそれに動じることなく首を傾げた。

「今なんて言った？」

「ババアって言ったんだよ！　耳も遠いのかよ、ババア！」

女はにっこり笑うと、舞の肩を抱いていた男の腕を掴み、思い切りひねり上げた。

「いっ……いだっ、いだいっ！　離せっ！　離せよ！」

「ごめんなさいね～、耳が遠いババアなもんでなにを言ってるか聞こえないわあ～」

女は笑顔でそう言いながら、男の腕を曲がってはいけない方向にひねっていく。メキメキと骨がしなるような音が聞こえてきて、舞は真っ青になった。

「お姉さ……お姉さん！　すみませんでしたぁ！　謝るから離してくださいっ！」

男が情けない声を上げながら懇願する。それを聞いた女は、ようやく男の腕を解放した。涙で目を潤ませた男はひねられていた腕を押さえながら、「クソッ！」と毒づき、逃げていく。女はそれを見届けると、舞の方を振り返った。

「だめよぉ、あなた。あんな男についていっちゃ」

女にそう声をかけられ、固まっていた舞は我に返った。

「だ……だって、仕事を紹介してくれるって言うから……」

「なんの仕事？」

「アパレル会社の通販のモデル」

それを聞いた女は、大きな口を開けて笑った。

「ほんっと若い女の子ってモデルって言葉に弱いわねえ～。そんなに自分の容姿に自信があるのぉ？」

「なっ……」

言葉を失う舞に、女はずいと顔を近づけてくる。

「ねえ、冷静になって考えてみなさいよ。ちょっと歩けばおしゃれで可愛い子がゴロゴロしてるのに、あなたみたいに家出同然の恰好してる女に、まともなモデルのスカウトが来ると思うの？」

舞は言葉に詰まった。

「ま、モデルの仕事が本当だとしても、どうせ服着た写真じゃなく、着てない方の写真を撮られる可能性が高いわね」

「そ、そんなことわからないじゃない！　それに話を聞いてから断ってもいいって言ってたし……」

決めつけられると反抗したくなる。言い返した舞に、女は呆れた視線を寄越した。

「バカねぇ〜。あなたみたいな世間知らずの小娘なんか、話を聞いた時点でおしまいなのよ。断れない状況に追い込まれて、望まぬカタチで契約書に無理矢理サインさせられるのがオチだわね」

女の言葉には不思議な説得力があった。

「それよりあなた、お金に困っているんでしょう」

「……そうだけど」

「あなたが持ってる人形と引き換えに、あたしと取引しない？」

舞はバッグを持つ手に力を籠め、身構えた。

「……なんで人形のこと知ってるのよ」

「人形を売ろうとしても売れなかったんでしょ？　だから助けてあげようと思って」

「余計なお世話！」

どうして女が自分の持っている人形のことを知っているのか気になるが、ここは追及するよりも逃げたほうが得策だと思った。

「咲楽舞さん、警察に駆けこまれるほうがいいかしらぁ？」

名前を呼ばれ、その場から逃げようとした舞は足を止める。おそるおそる振り返ると、女が性質《たち》の悪い顔で笑っていた。

「あたしと一緒に来てくれるわよね？」

舞は頷くしかなかった。

女にタクシーに乗せられ連れていかれたのは、見覚えのある二階建ての建物だった。女に促され、一階の店舗ではなく、外付けの階段で二階に上がる。

「こんばんは、咲楽さん」

金属製の扉を開けると、デスクチェアに座っていた男が舞に微笑みかけた。舞が持ち込んだ人形の買い取りを拒んだ、質屋の店主だ。

「どうぞ。そこのソファにかけて」

扉の前には女が立ちはだかるように立っている。逃げられない――舞は観念してソファに座った。

「鳩子さん、ありがとうございます。相変わらず仕事が速いですね」

「でしょ？　がんばったんだから特急料金つけてよね」

鳩子と呼ばれた女は、嬉しそうにウィンクする。店主は「わかりましたよ」と苦笑しながら、舞の向かいのソファに腰掛けた。

「僕は質屋の店主をやっている烏島だ。覚えているかな？」

忘れるはずがない。烏島は鳩子とはまた違う意味でインパクトのある男だった。黒ずくめの服と西洋の人形のように整った彫りの深い顔立ちは、舞の好みではないにもかかわらず目を惹く美しさだ。

「……忘れるはずないじゃん。人形を買い取ってくれる気になったの？」

「いや、彩津新伍さんにきみの捜索を頼まれてね」

烏島の口から出た彩津の名前に、舞は身を強張らせた。

「ここは質屋じゃないの？」

「質屋だけど、モノ捜しや人捜しも請け負うことがあるんだ」

「目黒さんが私のことを喋ったの？」

舞が訊くと、烏島は不機嫌そうに眉を寄せる。

「きみのことを調べたのはそこにいる鳩子さんだよ。目黒くんはきみを庇おうとしていた。彩津さんの大事な人形を盗んで逃げたきみのことをね」

　烏島の口調はひどく冷たい。舞は自分が快く思われていないことをひしひしと感じた。

「警察に私を突き出すつもり？」

「いいや、彩津さんも僕も事を荒立てることは望んでいない。ここにきみを呼び出したのも、穏便に事を進めたいからなんだ」

　烏島は長い脚を組みなおし、微笑んだ。

「きみが本当に欲しいのは『お金』じゃなく『自由』だろう？」

　舞は弾かれるように顔を上げた。

「きみが人形を返せば、彩津さんは離婚届を書いてくれるそうだ」

「本当に……？」

　信じられない気持ちで舞が尋ねると、烏島は頷いた。

「ああ。だから今夜、彩津さんと会ってほしいんだ」

　烏島は、取引に応じてくれれば悪いようにはしないと言った。

　舞のほうも、いつまでも逃亡生活が続けられるとは思っていなかった。運よく逃げきることができたとしても、彩津と結婚している限り、舞に真の意味での自由は訪れない。

　離婚届は喉から手が出るほど欲しい。だが彩津の言うことも、烏島の言うことも信用できなかった。舞は彩津に指定された場所に行く前に買い物をし、人形は駅のコインロッカーに預けた。

その後、合流した烏島とタクシーに乗り込み連れていかれたのは、市街地から離れた場所だった。

「ここ……？」

山道に入る手前で烏島と一緒にタクシーを降りた舞は、驚いた。寂れた田舎町は、住居はほとんどなく、広がるのは野山だけだ。

「うん。そこの坂をのぼったマンションの屋上で待ってるそうだ」

烏島の言うマンションも、ここからは見えない。歩き出そうとした舞は、烏島がついてこないことに気づいた。

「……あなたは行かないの？」

「僕が頼まれたのは、ここまできみを連れて来ることだけだからね」

烏島は微笑んだ。整った顔は笑うと一見優しそうに見えるが、舞の目には不気味に映る。

ひとりで坂道をしばらくのぼると、四階建ての建物が見えてきた。彩津が所有しているという古いマンションだ。タイルは剝がれ落ち、コンクリートがひび割れ、ボロボロだった。錆びたフェンスで囲まれた敷地内は雑草が生い茂っている。見たところ誰も入居者がいない。

　ひと気のない場所に呼び出される理由など、相場が決まっている。舞はパーカのポケットに入っているスプレー缶を握りしめ、蜘蛛の巣の張っている階段をのぼった。

　屋上に繋がるドアを開けると、彩津の姿はなかった。舞は慎重に足を進める。すると背後から声をかけられた。

「急にいなくなって心配したよ、舞」

　ハッとして振り返ると、ドアの前に彩津が立っていた。舞から死角になる位置に隠れていたのだろう。舞は心の中で舌打ちした。唯一の逃げ道を、彩津に塞がれたかたちになったからだ。

「ワタシの下から逃げたことも、人形を盗んだことも、水に流すよ。だからワタシと一緒に家に戻ろう」

　猫撫で声でそう言われ、舞はピクリと眉を上げた。話が違う。

「……人形を返すかわりに、離婚届を書いてくれるんじゃなかったの？」

「人形よりもワタシはおまえが大切なんだよ、舞」

　そう言って笑う彩津に、吐き気がした。

「あんたが嫌で家を出たのに、なんで帰らなきゃいけないの」

彩津の家にいるときは、「新伍ちゃん」と呼ぶよう強制された。だからこそわざと「あんた」と言う。案の定、彩津は顔をひきつらせた。

「……いい子だから言うことを聞いてくれ。舞が直してほしいところがあるなら直すから」

いつもなら怒鳴り散らしているところだが、こらえたのだろう。木の杖を持つ手が震えている。

結婚してから、彩津は顎のかわりに杖で舞を使った。舞に杖を突きつけては「ああしろこうしろ」と命令してくる。他人の目があるところでは大人しいが、一歩家に入ると尊大な態度をとった。気に入らないことや思いどおりにならないことがあるとすぐにヒステリーを起こし、その鬱憤は家にいる舞へと向けられた。

あの杖で何度も打たれたことを思い出しながら、舞は彩津を見た。

「人形は返すから、離婚届書いてよ。そういう約束でしょ」

「だめだッ！」

彩津が声を荒らげた。

「このワタシが！　結婚する前おまえにどれだけ金をかけたと思ってるんだ！　食事代

にプレゼントに結婚式に！　明細もちゃんととってあるんだぞ！」

「何を言われてもあんたのとこには戻らないよ」

話は終わった。舞が階段のほうへ向かおうとすると、彩津に腕を掴まれた。舞はとっさにポケットに入れていた催涙スプレーを取り出す。しかし手元が狂い、彩津に直接吹きかけることはできず、舞は舌打ちした。

「舞ッ、待て！」

彩津が杖を振り上げながら、近づいてくる。焦った舞は階段以外に下に下りる方法がないか探すが、見当たらない。手すりを掴み、下を見る。四階建ての建物の屋上から飛び降りて、無事でいられるとは思えない。

じわじわと彩津に距離を詰められ、舞は後ろ手で手すりを持ちながら、横に逃げる。

「『ママ』――戻ってきてよ」

彩津は甘えるときは必ず舞のことを『ママ』と呼んだ。母親と重ね合わせているのだろう、吐き気を催す呼び方だったが、甘えてくるときは暴力を振るわれないので、これまでずっと我慢していた。

「……近寄らないで。吐き気がする」

今までぶつけることができなかった本音を、舞は口にする。

「……なんだと？」

「変態！　マザコン！　あんたんとこに戻るくらいなら、死んだほうがマシ！」

彩津の顔色が変わった。

「……ワタシの下に戻ってくるなら許してやろうと思ったのに……戻らないなら仕方ないな」

自分に向かって、振り上げられる杖を、舞は避けることができなかった。したたかに頭を殴られる。痛みと衝撃に、頭が真っ白になる。

「ごめんね……ママ、ごめんね……！」

彩津は血走った目で謝りながら、杖でなおも舞の頭を殴りつける。

「あ……っ！」

バランスを崩した舞は手すりの外に投げ出された。被っていた帽子が飛び、重力に従って身体が下に落ちていく。

——だめだ、死ぬ。

舞の記憶はここで一度途切れた。

「——死んでいるのかい？」

意識を取り戻したのは、静かな声で問いかけられたときだった。

頬に当たるのは土と草の感触。目を開けると、地面についているほうのこめかみが痛んだ。血の匂いがする。そうだ——自分は屋上から落ちたのだ。

「……生きてるよ」

「それは幸運だったね」

こちらを見下ろしているのは、烏島だった。一瞬、死神に見えたのは、今自分が死にかけているからだろうか？　それにしてもどうして自分はここにいるのだろう。

「手入れしていない植木がクッションになったようだ。不幸中の幸いだね。命に別状はなさそうだ。もしかしたら骨は何本かやられてしまってるかもしれないけれど。頭の傷は少し縫わなきゃいけないね」

男は倒れ伏している舞のそばに片膝をつくと、身体に触れながら冷静に確認する。

「……私を殺すの？」

舞が訊くと、男は首を傾げた。

「きみは死にたいのかい？」

舞は考えた。振り返るには短すぎる人生。子供のときから、ずっと自由がなかった。誰にも気を遣うことなく、自由に生きてみたかった。

「死にたくない」

彩津のところに戻るくらいなら、死んだほうがマシだと思っていた。だが、今は死にたくない。生きたい。

「では目を閉じて。僕がいいと言うまで動かないで——いいね？」

舞は男の言うとおり、目を閉じた。しばらくすると、足音が聞こえてきた。

「ッ、烏島さん？　キミ、どうしてここにいるんだ！　話はワタシだけですると言っただろう！」

驚きを滲ませた彩津の声がした。どうやら、烏島がここにいることは彩津にとって計画外だったらしい。

「話し合いが順調に進んでいるか気になったんです。まさかあなたが舞さんを殺すなんて思ってもみませんでしたよ」

「み……見ていたのか？」

そう問い返す声は、動揺していた。

「ええ」

「ワタシを警察に突き出すつもりか？」

「いいえ、彩津さん。あなたは僕の大事な客です。そんなことはしませんよ」

宥《なだ》めるような優しい口調で烏島が言う。

「幸いここはあなたの所有地です。ひと気もない。彼女を隠すのには最適な場所だ。あなたもそのつもりだったんでしょう？　向こうに人ひとり隠せるくらいの穴を掘っていましたね」

それを聞いた舞は笑い出したくなった。彩津のほうに離婚届を書く気は初めからなかった。舞が戻らないと言えば、殺すつもりだったのだ。

「かなりの重労働だったでしょう。よければ僕が舞さんを埋めてきましょうか？」

「……いいのか？」

「僕も人の大事なモノを奪う人間は許せないので協力してもいいですよ」

「たっ、頼む！」

彩津の声に喜びと安堵が交じる。

「あなたは先に帰っていてください」

「ま、待ってくれ！　その前に舞の髪を切ってくれ！」

「舞さんの髪を？」

烏島が不思議そうに問い返す。

「そ、そうだ！　どうしても必要なんだ！」

「なにか切るものはありますか？」

「ああ、折り畳みナイフがある。根元から切ってくれ」

ナイフまで用意しているとは、はじめから舞の髪を切るつもりだったのだろう。しばらくすると、髪の毛が上に引っ張られた。ザクリ、ザクリという嫌な音がして、頭部が急に寒くなる。伸ばすのには時間がかかったのに、切るのは一瞬だ。

「では明日、店に取りに来てください。そこで改めて取引しましょう」

烏島が言うと、彩津が戸惑うような声を上げた。

「取引だと？　協力してくれるんじゃないのか？」

「彩津さん、僕は舞さんの遺体を埋めるという危ない橋を渡るんですよ。まさか僕にタダ働きしろと？」

「い、いや、そういうわけでは……」

烏島の声は静かだが、相手に有無を言わせない強さがある。舞の意見には聞く耳を持たない彩津も逆らえないようだった。

「それより彩津さん、そろそろここを離れたほうがいいのでは？　ここは人の寄り付かない場所ですが、絶対に誰か来ないとは限らない。あなたのその脚では、逃げるのに不利でしょう」

「わ、わかった。では明日キミの店に向かうから」

「お待ちしておりますよ」

足音が遠ざかる。烏島の言うことに従い、彩津は帰ったようだ。

「もう目を開けてかまわないよ」

舞が目を開けると、切り落とした髪の束をハンカチに包んでいる男と目が合った。

「悪かったね。きみの意思も確かめずに」

「……命のほうが大事だから」

元々彩津に伸ばせと言われて伸ばした髪だ。未練はない。彩津がなにに使うつもりかはわからないが、髪と引き換えにあの男から解放されると思えば、安いものだ。

「とりあえず、病院に行こうか」

「お金、ないんだけど……」

「僕の知り合いの病院だから大丈夫だよ」

そう言って烏島は舞の身体を抱き上げる。

「あとできみとも取引をさせてもらいたい——かまわないね？」

舞は首を縦に振ることしかできなかった。

＊　＊　＊

「──あの夜、咲楽舞は死んだんだ」

真相を知った千里は、呆然とした。まさか烏島が舞を助けていたとは思わなかった。

「病院に入院して、烏島さんがいろいろ教えてくれたよ。彩津が私との婚姻届をそもそも出してなかったこととか、ね」

「出してなかったの？」

「そう。あいつ、ドのつくケチなんだ。それに嫉妬深くてさ。自分が先に死んだときに遺産を私が手にするのが嫌だったんだと思う。『おまえはワタシが死んだら他の若い男のところに行くんだろう』ってよくなじられてたから……。まあその遺産も、ほとんど残ってなかったらしいけどね」

彩津の近所の女性が「独り身だ」と言っていたのは、間違いではなかったらしい。

「お金持ちと結婚したら悠々自適な生活ができると思ってたけど、幻想だった。相手が自分のために使ってくれなきゃ、いくらお金があっても意味ないいんだよね。その結果、こんなことになっちゃってさ」

舞は自嘲するように笑う。

「自分でお金を稼いでないことが負い目になることだとは知らなかったし、発言権がないってことも知らなかった。愛し合って結婚した夫婦なら違うのかもしれないけど……

私と彩津はお互いの条件に合うということだけで結婚したからさ」

「咲楽さん……」

「私は父親に支配されるのが嫌で結婚に逃げた。でも結局、支配する人間が父親から別の男に変わっただけだったんだよね。自立しなきゃ、自由は手に入らないってことが身に染みてよくわかったよ」

独り言のように舞は呟いた。

「……烏島さんとした取引っていうのは？」

「切られた髪を質入れしたんだ」

千里は目を見開いた。

「質入れ？」

「そう。人形は買い取らなかったのに、私の髪なんかに大金出すなんて変わってるよね」

烏島ならありえない話ではない。だがその髪を自分の『コレクション』に加えず、彩津に売った。

「咲楽さんの服が埋められてたのはどうして？」

「一週間前だったかな。烏島さんに頼まれて渡した。彩津が掘り起こす可能性もあるかもしれないから、それらしく演出しておきたいって」

一週間前——千里が質屋を辞めたときだ。烏島の予想は的中した。彩津は舞が死んだかどうか確認するため、あの穴を掘り起こしたのだろう。千里は舞が死んだと勘違いしたが、彩津は死人が蘇ったと勘違いした。

「彩津さん、死人が蘇ったって怯えてたんだよ」

千里が言うと、舞はスッと目を細めた。

「彩津が？」

「うん。死んだ咲楽さんから電話がかかってくるとか」

舞は笑いだした。

「あはは、自業自得だよね。ちょっとは苦しめばいいんだよ、あいつも」

「……もう苦しめないよ。自殺したから」

「え？」

驚きを隠さない舞の表情を、千里は意外に思った。

「もしかして咲楽さん、知らなかった？」

「……いつ？」

「昨日だよ。薬を飲んだらしいの」

舞の顔が青ざめているように見えるのは、気のせいではないだろう。彩津に電話をかけたのは舞なのだ――間違いない。死んだことを知らなかったのも、おそらく本当だ。

「自殺したのは電話だけが原因じゃないと思う。きっといろいろなことが積み重なった結果で……」

「……そうだよね。うん、きっとそうだわ」

舞は自分に言い聞かせるように呟き、コーヒーを飲み干した。そして鞄から携帯電話を取り出し、時間を確認する。

「夜行バスの時間があるから、そろそろ行くね」

「夜行バス？　どこに行くの？」

「神除市から離れて新しい生活をはじめるつもり」

舞は携帯電話を鞄に仕舞うと、千里を見た。

「目黒さん、今も質屋に勤めてるの？」

「……ううん、このあいだ辞めたけど」

突然話が変わったことに戸惑いつつも、千里は答えた。

「どうして辞めたの？」

「ちょっといろいろあって……」

舞の件で揉めたとは、本人の前では言いづらい。千里が言葉を濁すと、舞は「そっか、よかった」と、安心したような顔をした。

「よかったってなにが？」

「烏島さんには近づかないほうがいいよ」

冗談を言っているようには見えなかった。舞の表情は真剣そのものだ。

「どういうこと……？」

舞は千里の質問には答えず、テーブルの上の伝票をとり、席を立つ。

「あ、私のぶん」

「ここは払うよ。目黒さん、このあいだ払ってくれたでしょ」

財布を出そうとした千里を手で制し、舞がひらひらと伝票を振る。

「──目黒さんも誰かの『人形』にならないようにね」

舞はそう言い残し、店を出て行った。

パンドラの壺

　舞と別れた翌日、千里は大鷹の店にやってきていた。

　千里の腕時計は午後三時を示している。まだ空は明るいが、店の工房の窓からはオレンジ色のあかりがぼんやりともれていた。千里はそれを確認してから、ドアノッカーを鳴らした。舞が見つかり、彩津も死んだ。もう『視る』必要はない。

「よう、一日ぶりだな」

　しばらくして、大鷹が顔を出した。

「ちょうど茶を淹れてたところなんだ。飲まねえか？」

「あ……はい。いただきます」

　話をしてすぐに帰ろうと思っていたのだが、しょっぱなから計画が崩れてしまった。

「熱いから気をつけろよ」

　千里が工房のソファに座って待っていると、大鷹がお茶を運んできた。だが、カップはひとつだ。

「大鷹さんのぶんは？」

「ちょっと零しちまって、湯を沸かし直してるんだ。先に飲んでてくれや」

千里は申し訳なく思いつつ、大鷹の言葉に甘えた。口に含んだハーブティーは千里が淹れるときよりも濃かったが、おいしい。

「で、今日はどうした？」

茶を飲んでいると、作業台で書類を整理していた大鷹が、おもむろに訊いてきた。

「え？」

「お嬢ちゃんがなんだかそわそわしてるように見えてなあ。なにか俺に言いたいことがあるんじゃないのか？」

大鷹には完全に見抜かれていたらしい。千里はカップをソーサーの上に戻した。

「彩津さんが新しく依頼した人形のことで、話があって」

「彩津の？」

「はい」

大鷹は「愛する女を失くした男」のために人形を創っていると言っていた。だが彩津から舞に向けられた感情は、愛ではなくエゴでしかない。千里は大鷹が舞の人形を創ることを、どうしても阻止したかった。

「大鷹さんの人形は遺髪を使うんですよね？」

「そうだ」

「例外は？」

「ないね」

それを聞いた千里は、安堵した。

「私の友達――彩津さんが頼んだ人形のモデルは、生きているんです」

例外がないのなら、遺髪ではない舞の髪を使い、大鷹が人形を創ることはないはずだ。

「らしいな」

驚く様子もなく、大鷹は言った。

「え？」

「彩津のジイさんが、死人が蘇ったと騒いでたのが気になってなあ。烏島に調べてもらったんだよ。そしたらこの子が生きてるってわかった」

大鷹が取り出したのは、ウエディングドレスを着た舞の写真だ。大鷹はそれを躊躇なく暖炉に放り込む。

「まったく……彩津のおかげで生きてる女の人形を創らされるところだったぜ」

勢いよく燃え上がる写真を見ながら、千里は大鷹の態度に違和感を覚えた。

「大鷹さんは、彩津さんがどうやって私の友達の髪を手に入れたか知っているんですか？」

「さあ？　俺は興味ないんでなあ」

千里は耳を疑った。

「興味がないって……？」

「言葉のとおりだ。俺は人形を創る条件として客にモデルの遺髪を持ち込むことを提示しているだけだからな」

他人事のように言う大鷹に、千里は怒りを感じた。

「彩津さんは私の友達を殺して、その髪で人形を創ろうとしたんですよ」

舞が自分のもとへ戻らないとわかると、舞を殺そうとした。その動機は大鷹が作ったと言っても過言ではない。

「お嬢ちゃん。あんた、パンドラの話は知ってるか？」

突然話が変わったことに、千里は戸惑った。

「いいえ、詳しくは……」

「パンドラってのは神が粘土をこねて創った人間の女だ。その頃人類は男だけで、災いとは無縁の生活を送っていた。そこに神々からの贈り物を入れた壺を携えたパンドラが送り込まれた」

大鷹が煙草を咥え、火をつける。

「彼女は好奇心に負け、開けてはいけないと言い含められていた壺を開けた。そのせいで壺の中に入っていた人類を苦しめる災いが広がった——人間の女は男に災《パンドラ》いをもたらすものとなったんだ」

人間の女が災いをもたらす——千里は知らず、顔を顰める。

「パンドラの壺の中には唯一、『希望』だけが残った。俺の人形は人間の女がもたらす災いから男を救う『希望』なんだよ」

「大鷹さんは……災いをもたらしたのは私の友達だとでも言いたいんですか？」

「それ以外になにがある？」

不思議そうに、大鷹は首を傾げる。

「だとしても、大鷹さんの人形は結果的に彩津さんを救えなかった」

「彩津のジイさんが死んだのは、俺が創ってやった人形を袖にして、性懲《しょうこ》りもなく人間の女に『希望』を求めようとしたツケだ」

大鷹の言葉には、嫌悪感がはっきりと滲み出ていた。

「大鷹さんは、客が『人形にしたい女性』を殺すことを黙認してるってことですか？」

「さっきも言っただろ。俺は客にモデルの遺髪が必要だと伝えてるだけなんだ。遺髪をどうやって手に入れるかについて俺は興味がないし、干渉もしねえよ」

千里は違和感の正体を、ようやく理解した。

「……あなたの人形は、間接的に女性を殺している」

大鷹は愛する女性を失った男のために、人形を創っていると言っていた。だが考えてみれば、彩津は大鷹に母親から逃げたいと相談していた時点では、まだ母親を失っていなかったのだ。カウンセリングの最中に、大鷹から遺髪の話をされて『その気』になったと言っても過言ではない。

「殺される理由を作ったのは人間の女のほうだ」

「女性がすべて悪いと言うんですか？」

「俺にとっては害悪以外の何物でもないね」

大鷹は煙を吐き出しながら、笑った。人形のために他の女性が犠牲になることを厭わないのだ。そしてそのやり方を、これからも変える気はみじんもない。

千里はソファから立ち上がり、持っていたティーカップを作業台に置いた。

「私、帰ります」

「そうか。またな」

「いいえ、もう二度とここには来ません」

　工房を出て行こうとしたとき、立ち眩みがした。貧血かと思ったが、違う。ひどい眩暈に、千里はずるずると、その場に蹲《うずくま》った。

「大丈夫か？」

「触らないでください……」

　差し伸べられた手を払いのけようとするが、身体に上手く力が入らない。

「はは、ずいぶん嫌われたもんだなあ」

　大鷹は笑いながら、ひとつにまとめていた千里の髪を解く。千里は抵抗できなかった。

　大鷹は千里の髪をひと房、掬《すく》い取り、顔を寄せてくる。

「綺麗な髪だな。人形を創るときは、持ち込まれた髪を染めたり手入れして調整するんだが、お嬢ちゃんの場合は必要なさそうだ」

　意識がかすみ、大鷹がなにを言っているのか、千里は理解できない。

「――あんたはいい人形になるだろうな」

　千里の意識はそこで、完全にブラックアウトした。

＊　＊　＊

玄関のドアノッカーが二度、鳴った。

返事をしないまま大鷹が作業台の椅子に座って煙草をふかしていると、工房の扉が開いた。

「——火を消してくれますか」

黒いコートに身を包んだ男が、顔を顰めながら言った。大鷹は仕方なさそうに、煙草を灰皿に押し付ける。

「久しぶりに会った第一声がそれか、烏島」

「僕の従業員が長い間お世話になりました、とでも言えば満足ですか。大鷹さん」

烏島はそう言って、作業台の前にあるソファに目をやる。そこには質屋の従業員である女がすやすやと眠りこけていた。

「お嬢ちゃんがここに通ってること、いつから気づいてた?」

「目黒くんのスーツにあなたの加齢臭——いえ、煙草の匂いが染みついていたのでね」

「そのお嬢ちゃん、目黒って名前なんだな」

烏島は呆れたような顔をした。

「名前も知らなかったんですか」

「興味ないもんの名前なんてどうでもいいからなあ。まあ、淹れてくれる茶はおいしかったぜ」

「あなたの女嫌いも相変わらずですね」

　烏島は作業台の上にあるティーカップを手に取り、鼻を寄せる。

「これは自白剤ですか」

「似たようなもんだ。潜在意識を引き出し、五感を活性化させる。今日はちょいと眠くなる薬を混ぜてるがな」

「目黒くんが最近神経過敏になっているようだったのはあなたのせいですね」

　なにか思い当たる節があるのか、烏島が硬い声で言う。

「お嬢ちゃん、なにか特殊な能力があるんだろう？」

「これを飲ませたのは、それを確かめるためですか？」

　大鷹は大げさに肩をすくめた。

「怒るなよ。お嬢ちゃんに身辺嗅ぎまわられてるのは、俺もいい気分じゃなかったんだからな」

「どうして目黒くんの能力に気づいたんですか？」

「ここに来るたび、玄関のドアに触れてなにか確認してるようだったんで不思議に思ってな。茶を飲ませて様子を見てみたんだ。この子、目に見えないなにかが見えるみたいだな」

烏島はため息をつき、カップを置いた。

「このお茶に副作用は？」

「集中力が高まり、潜在能力が向上する。倦怠感、あと依存性がちょっとあるけどな。よかったら持っていくか？」

「結構です」

烏島は素気なく言い、作業台の上に持っていた紙袋を置いた。

「依頼されたものです」

中に入っていたのは、そばかすが特徴の球体関節人形だ。大鷹が袋から取り出すと、ボロボロと土がこぼれ落ちた。

「なんだ、泥だらけじゃねえか。彩津の女が持ってたんじゃないのか？」

「彼女が土の中に埋めたんですよ。譲ってもらうよう交渉したんですが、首を縦に振ってくれませんでね」

「へえ、よく見つけたな」

「彼女に渡していた携帯のＧＰＳを追ったんです。かなり骨が折れました」

大鷹は、人形の古めかしいワンピースを脱がし、胸にある壺のマークに指で触れる。

「人形の状態はどうですか」

「汚れはひどいが大きな修理は必要なさそうだ。ここ数年、彩津が人形をメンテナンスに持ってくるのをサボってたんで、もっとひどいことになってると思ってたんだが」

人形にワンピースを着せながら、大鷹は言った。

「その人形は、彩津の母親がモデルになってるそうですね」

烏島が訊くと、大鷹は「ああ」と頷いた。

「彩津は過保護な母親から解放されたがってたんだが、同時に母親に依存もしてたから、なかなか実行できずにいてなあ。それで俺が彩津に母親の人形を創ることを提案したんだ」

「その後、彩津の母親は不慮の事故で死んだそうですね。本当に事故だったかは怪しいですが」

大鷹はハッと短く笑った。

「俺には彩津の母親の死因は関係ないし、どうでもいい。遺髪さえ用意してくれれば俺は人形を創るだけだ」

「でも彩津が用意した新しい人形のための遺髪は気に入らなかったようですね」

烏島の言葉に、大鷹はピクリと表情を動かした。

「彩津が新しい人形を創るためにあなたの店に遺髪を持ってきた日、あなたは僕に『彩津が失くした人形を取り戻すこと』と『彩津を精神的に揺さぶること』を電話で依頼してきましたね。彩津が人形じゃなく、女のほうを取り戻そうとしていたのが、そんなに気に食わなかったんですか」

「そりゃ気に食わないさ」

柔らかい布で人形の汚れを拭いながら、大鷹は言う。

「人間の女に現《うつつ》を抜かした挙句、俺が創った大事な人形を奪われた。俺のところに人形を取り戻したいと相談しにきたからおまえを紹介したのに、彩津がおまえに頼んだのは人形じゃなく、女を連れ戻すことだったんだからな」

吐き捨てるような口調だった。

「挙句の果てに女が自分の思いどおりにならないとわかると、盗まれた人形を捜すこともせず、新しい人形を創ってほしいと言ってきた。いくらなんでも虫が良すぎるだろ？」

「だから殺したんですか」

大鷹が顔を上げ、烏島を見た。

「彩津は自殺したんだろ？」

「精神科医であるあなたなら、患者《クライアント》を自殺に追い込むくらい朝飯前でしょう」

大鷹は鼻で笑った。

「俺が追い込んだっていう証拠でもあんのか？」

「ありませんよ。それに僕は咎《とが》めているわけじゃありません」

微笑む烏島に、大鷹は意外そうな顔をする。

「意外だな。俺が彩津を揺さぶってくれって依頼したときは、彩津の肩を持ってたくせに」

「彼は僕の所有物に手を上げた」

大鷹は「なるほど」と笑みを深めた。

「お嬢ちゃんの頬の怪我は彩津がやったのか」

「ええ」

「母親に抑圧されてた反動か、彩津は女を暴力で支配する節があったからなあ。足が悪くもないのについてた杖は女を殴るために使ってたらしいぞ」

なにがおかしいのか、大鷹はくっくっと押し殺した声で笑う。

「でも、そうか。はじめは彩津を揺さぶることに乗り気じゃなかったのに、途中からおまえがやる気になったのはそのせいか」

烏島は小首を傾げる。

「やる気とは？」

「死人から電話がかかってくる、埋めたはずの死体が蘇ったって、ひどい怯えようだったぞ。自分が女を殺したことまで俺に暴露した」

「実際は殺し損ねていましたがね」

大鷹はちらりと烏島を見た。

「女に協力させたのか」

「ええ。彼女は彩津にひどすぎる仕打ちを受けていたのでね。彩津から逃げる前に、少し痛い目を見せてやらないかと言ったら乗ってきたんですよ」

「おかげであっさり彩津は逝《い》った」

大鷹は作業台の上に置いていた白い封筒を、烏島に渡した。

「おまえのご所望の報酬だ」

大鷹に視線で促され、烏島は封筒の中身を確認する。中に入っていたのは赤い紐でまとめられた少し癖のある黒髪の束だ。

「相変わらずおまえは変わったものを欲しがるよなあ」

「他人の趣味には口を出さない約束でしょう。でもいいんですか？」

髪の束を封筒の中に戻しながら、烏島は尋ねた。

「いいってなにがだ？」

「この髪で人形を創るつもりだったのでは？　彩津はあなたに代金を振り込んだと言ってましたが」

大鷹は首を横に振る。

「それはもう『遺髪』じゃねえからなあ。害悪である女が死んでこそ、俺の創る人形は活きるんだ」

「あなたも相変わらずですね、大鷹さん」

烏島は封筒をコートのポケットに仕舞うと、ソファで眠り込んでいる女を抱き上げた。

「もう帰るのか？」

「表に車を待たせているので」

烏島は玄関に向かった。大鷹は、そのあとをのんびりついていく。

「人を愛せない者として俺とおまえは同士だと思っていたんだけどねぇ」

烏島が横目で大鷹を見た。

「僕は目黒くんをそういう対象としては見ていませんよ」

「へえ、そうかい」

「そうです。それに同士でもない。あなたのやり方に賛同しているわけではありませんから」

外に出ると、タクシーが一台とまっていた。

「そのお嬢ちゃんは、おまえの思いどおりにはならないぞ」

タクシーに乗り込もうとしていた烏島が、大鷹を振り返った。

「嫌になったらいつでも言えよ」

「どういう意味ですか」

「おまえのために『人形』を創ってやるって言ってるんだ」

昔、烏島に向けて言った言葉を再び口にしながら、大鷹はすやすやと眠る女の髪を撫でた。

「今は必要ありません」

大鷹の手を振り払い、烏島は運転手に「出してください」と言った。

「――今は、ね」

タクシーが見えなくなってから、大鷹は小さく笑った。

盲目の故意

カアカアという鳥の鳴き声に、沈んでいた意識が浮上する。

千里が瞼《まぶた》を持ち上げると、窓の外にいるカラスと目が合ったような気がした。夕日で赤く染まった空を背景にして鳴く黒いカラスは、千里にとっては不吉なものではなく、むしろ幸運を運んでくる鳥だ。

「おはよう、目黒くん」

声のしたほうに顔を向けると、グラスを持った烏島と目が合った。明るい色の髪が夕日に透け、赤く燃えているように見えた。

「といっても、夕方だけどね」

「……烏島さんですか？」

「他の誰に見えるんだい？」

烏島が呆れたように言う。千里が身体を起こし、周りを見回せば、質屋の二階の部屋だった。千里が横になっていたのは来客用のソファだ。

「飲みなさい」

目の前にお茶のようなものが入ったグラスが差し出された。それを見た途端、千里は喉の渇きを覚える。素直に受け取り、一気に飲み干した。舌の上に広がるのは、独特の苦みだ。

「……苦い」

「解毒剤のようなものだ。我慢しなさい」

解毒剤——その意味を問う前に、今度は水の入ったグラスが渡される。千里は口直しのためにそれを一気に飲んだ。口の中の嫌な味が薄れ、ほっとする。

「気分は？」

「少しだるいけど、大丈夫です」

倦怠感はあるが、気分はスッキリしている。そして、気づいた。どうして自分は今、質屋にいるのだろう。

「夢……？」

千里は呟いた。自分は質屋を辞めたのだから、これはきっと都合のいい夢なのだろう。身体の上には大きな黒いコートが掛けられている。軽くて暖かく、肌触りが良い。千里が鼻を寄せると、紅茶の良い香りがする。

「なにしてるんだい？」

「このコート、烏島さんの匂いがすると思って」

「そりゃあ僕のコートだからね」

烏島は千里からグラスを取り上げると、テーブルに置き、ソファに腰掛けた。烏島の体重でソファが沈む。やたらリアルな夢だ。

「目黒くん」

「はい」

「きみは夢で味や匂いを感じとれるのかい？」

烏島の笑みに、千里は水をかけられたような気持ちになった。

「え……？　でも、私、質屋に来た覚えは……」

「そりゃそうだろう。僕が連れてきたんだから」

千里は自分の記憶を手繰《たぐ》る——大鷹の店に行き、眩暈がして倒れたことを思い出した。

「ど、どうして烏島さんが私を？」

「大鷹さんに迎えに来いって言われたんだよ、きみが急に倒れたって連絡があってね」

千里は血の気が引くのを感じた。自分はこの店を辞めたのだ。それなのに烏島に迎えに来てもらい、世話をさせてしまった。

「すっ……すみません！　すぐ出て行きます！　借りたお金は次の仕事が見つかったら

返しますから——」

千里が慌ててソファから立ち上がろうとすると、烏島に腕を摑まれた。反動で千里は烏島の胸の中に飛び込んでしまう。硬い胸板に頭をしたたかにぶつけ、千里は呻《うめ》いた。

「いたい……」

「僕もなかなか痛かったよ。石頭だね、目黒くん」

頭の上から降ってきた声に顔を上げると、烏島がこちらを見下ろしていた。ソファに座っている烏島に抱きつくような姿勢になっていることに気づいた千里は、慌てて身体を引く。

「す、すみません……！」

「謝るのはいいから、座りなさい。まだ僕の話は終わっていない」

千里は烏島から少し距離をとり、ソファに座った。

「大鷹さんの店に茶を淹れに通っていたそうだね」

「……はい」

「咲楽舞について調べるためかい？」

千里が頷くと、烏島はため息をついた。

「大鷹さんの店には、もう行かないほうがいい。あそこは特殊な客で成り立ってる。彼の商売の内容もきみの理解を超えるものだ――わかるだろう？」

「……わかっています」

大鷹のやり方は、千里には理解できないものだった。だが彼は罪を犯しているわけではない。自分自身の信念のもとに人を救っている――それが大鷹の『善』であり、千里にとっては『悪』だっただけだ。

「あの……烏島さん」

「なんだい？」

「私、咲楽さんに会ったんです、昨日」

千里は思い切って、話を切り出した。

「咲楽さんから話を聞きました。烏島さんが助けてくれたって……」

烏島は肩をすくめた。

「たまたま彼女と利害が一致したから助けた、それだけだ」

「利害？」

烏島は千里の質問には答えず、デスクの引き出しからなにかをとって、戻ってきた。

「目黒くん、これはきみに返しておくよ」

烏島が差し出したのは、千里が送った辞表だった。千里は信じられない思いで、烏島を見つめる。

「返すって……私のこと、許すんですか？」

「許すとは？」

怪訝な顔をする烏島に、千里は膝の上でこぶしを握り締める。

「だって私……烏島さんのこと疑ってひどいことを……」

烏島の考えや行動のすべてに目を瞑り、信じることができなかった。

「僕がきみに誤解されるような行動をとっていたのはたしかだからね。それにきみに言った言葉は、きみの友達に対する彩津の仕打ちを知った今でも撤回する気はない」

「言葉？」

烏島は笑う。

「人の大事にしているモノを勝手に奪うような人間のほうが、僕はどんな悪人よりも許しがたい」

「……それは、咲楽さんのこともですか」

「そうだよ。僕は考え方を変える気はない。けれど、きみが僕の考えに対し『ひどい』と思うことを、僕は非難しないよ」

烏島は淡々と言う。

「それにきみは個人的に調査を続けつつも、質屋の仕事はきっちりこなしていた。僕の許可なく、友人に便宜を図ることもなかった。僕の仕事を邪魔したわけでもない。僕はきみをクビにする理由がない」

「で、でも！　前の会社はそれでクビになりました……」

自分の正義を貫いた結果、上司に楯突《たてつ》くことになり、居場所を失った。千里の言葉に、烏島はスッと目を細める。

「へえ？　僕がきみの以前の上司のように矮小《わいしょう》で馬鹿な男だとでも言うのかな？」

「ち、違いますよ！」

ぶんぶんと音がするほど、千里は首を横に振る。

「申し訳ないと思うなら、ここにいてほしい」

「えっ？」

「僕の指示がなくても、ひとりで動けるようになっただろう。能力も臆さず使う。調査も板についてきた。僕にはきみの力が必要だ」

烏島の言葉に、じわりと身体が熱くなる。

小さな頃から、千里が欲しいものは決まっていた。両親の顔色を窺わなくてもいい環境と、生きるのに困らない程度のお金。どんなに価値があるものも、それらには代えられない。大人になって手に入ったら、できるだけ人と関わらず生きていこうと、そう決めていた――烏島に会うまでは。

仕事を通じて人と関わることを教えてくれ、千里の存在を否定せず、認めてくれた。だから思ったのだ。許される限り、烏島の下で働きたいと。

「あの、本当に図々しいんですけど」

「うん」

「撤回させてください、辞表」

千里が言うと、烏島は辞表を千里の手に握らせた。

「これからも遠慮なくきみをこき使うよ」

「はい！」

「いい返事だ」

烏島は微笑み、ソファから立ち上がろうとする。離れていく温もりに、不意に千里の中でずっとわだかまっていた不安が頭をもたげた。

「あの、烏島さん」

「なんだい？」

思わず呼び止めてしまった千里を、烏島が振り返る。

「あの……コレクションは手放さないって、前に言ってましたよね」

「ああ、言ってたかな」

「それは今でも変わってないですか？」

烏島はゆっくりと長いまつ毛を瞬かせ、そして、ふっと口元を緩める。

「僕は変わらないよ」

「そ……そうですか」

「でも、きみのほうはどうかな」

千里は固まった。

「あの、それはどういう……」

「さて、そろそろきみの無断欠勤で溜まってる仕事を片付けようか」

烏島は千里からコートを取り上げ、ソファから立ち上がる。その拍子に、ポケットからなにかが落ちた。少しいびつに膨らんだ白い封筒だ。

「烏島さん、封筒が落ちましたよ」

「ああ、自分でとるよ」

動こうとした千里を制し、烏島が封筒を拾い上げた。どこかで見たことがあるような気がしたが、それを確認する前に烏島は包みを自分のポケットに仕舞う。

「なにか買い取ったんですか」

「いや、これは――」

烏島は、ふとなにかを思い出したように千里の髪に触れる。大鷹に解かれた髪は下ろしっぱなしになっていた。烏島は長い指で長い髪をひと房、掬い上げる。

「烏島さん……？」

千里が首を傾げると、烏島は髪から手を離す。

「――きみは人形には向いていないね」

烏島の声は小さく、よく聞き取れなかった。

「あの、今なんて……」

「ああ、そうだ思い出した。あとで宗介くんにきみから連絡を入れておいてくれるかい？　僕がきみを退職に追い込んだとネチネチ文句をつけに店にくるんだ。おかげで仕事にならない」

烏島が大げさにため息をつく。

「えっ！　宗介さんが？」

「頼んだよ」

烏島はデスクに戻り、『コレクション』の整理をはじめる。なにか誤魔化されたような気がしたが、千里は追及しなかった。

――烏島さんの下で働ける日が、一日でも長く続きますように。

心の中でそう祈りながら、千里は溜まっている仕事を片付けるため、ソファから立ち上がった。

あとがき

人形は人間のように心変わりなどせず、決して裏切らない。

人形師である大鷹の店を訪れる客は、そういう自分の思いどおりになる『人形』を求めています。

今回、その人形にされそうになったのは、千里の友人である舞でした。

舞にはお金も仕事もなく、頼れる家族もいません。生きていくために対価として差し出せるのは自分自身しかなく、結果的に彩津という男の『人形』になりました。

他人の創った狭い箱庭《ドールハウス》で生きていると、そこから抜け出すことがとても難しくなります。自分で考え行動することをおろそかにし、判断力や自信を失って、外の世界に出ることに臆病になる。実際、舞も彩津のもとから逃げるまでに、かなりの時間を要しました。

烏島に対し憧れと恩義を感じている千里も最初、彼の言動に感じた疑念を追及することなく、視て見ぬフリをしようとしていました。烏島に刃向かうことは、ようやく見つけた自分の居場所を失うことに繋がるからです。

誰かの『人形』になる可能性は、舞や千里のような若い女性だけに限らず、誰にでもあります。誰かを自分の『人形』にしたいと思う欲望も、もしかしたら自分の中に潜んでいるかもしれません。そういう心につけ込むように、大鷹は今日も人形を創っています。

舞は千里に「誰かの『人形』にならないように」と忠告を残しました。今回のように信頼関係が崩れる危機は、千里が烏島と一緒にいる限り、これから何度も訪れるでしょう。その際、千里が烏島の言いなりにならず、自分の信念を曲げずに進むことができるのか――とても気になるところです。

二〇一八年九月　南　潔

この物語はフィクションです。
実在の人物、団体等とは一切関係がありません。
本作は、書き下ろしです。

南潔先生へのファンレターの宛先

〒101-0003　東京都千代田区一ツ橋2-6-3　一ツ橋ビル2F
マイナビ出版　ファン文庫編集部
「南潔先生」係

ファン文庫

質屋からすのワケアリ帳簿
～パンドーラーの人形師～

2018年10月20日　初版第1刷発行

著　者　南潔
発行者　滝口直樹
編　集　池田真依子（株式会社マイナビ出版）　定家励子（株式会社imago）
発行所　株式会社マイナビ出版
〒101-0003　東京都千代田区一ツ橋2丁目6番3号　一ツ橋ビル2F
TEL 0480-38-6872（注文専用ダイヤル）
TEL 03-3556-2731（販売部）
TEL 03-3556-2735（編集部）
URL　http://book.mynavi.jp/

イラスト　冬臣
装　幀　堀中亜理＋ベイブリッジ・スタジオ
フォーマット　ベイブリッジ・スタジオ
DTP　富宗治
校　正　鷗来堂
印刷・製本　図書印刷株式会社

ISBN978-4-8399-6766-6

Fan
ファン文庫

質屋からすのワケアリ帳簿　下

〜大切なもの、引き取ります。〜

買い取らせてください
——あなたの罪を。

地元の名士・七杜家の長男 宗介から、
失踪した使用人の捜索依頼が来る。
足跡を辿るうち「七柱の伝説」に行きあたり——。

著者／南潔
イラスト／冬臣

質屋からすのワケアリ帳簿
～シンデレラと死を呼ぶ靴～

質草は、新たな哀しみを引き寄せる——
物に宿った記憶を読み解くダークミステリー！

『質屋からす』の店主・烏島が扱うのは
人の不幸や欲望にまみれたワケアリの品ばかり。
ある日買い取った赤い靴が盗まれて……シリーズ第3弾。

著者／南潔
イラスト／冬臣

Fan
ファン文庫

金沢つくも神奇譚

~万年筆の黒猫と路地裏の古書店~

『書き残した小説を完成させてほしい』
ほっこりあやかしストーリー。

お疲れ社会人の玉緒は、退職し、地元・金沢に帰還。
亡き祖母の書斎で、古い万年筆を見つける。
憑いていたのは尻尾がペン先みたいな黒猫姿のつくも神!?

著者／編乃肌
イラスト／Ｍｉｎｏｒｕ